dtv
premium

François Gantheret

Die verborgene Ordnung der Dinge

Roman

Aus dem Französischen
von Dirk Hemjeoltmanns

Deutscher Taschenbuch Verlag

Von François Gantheret
sind im Deutschen Taschenbuch Verlag erschienen:
Verlorene Körper (24593)
Das Gedächtnis des Wassers (24690)

Deutsche Erstausgabe 2010
edition manholt im dtv
Deutscher Taschenbuch Verlag GmbH & Co. KG,
München
www.dtv.de

Titel der französischsprachigen Originalausgabe:
›Ferme les yeux‹

Umschlagkonzept: Balk & Brumshagen
Umschlaggestaltung: Wildes Blut, Atelier für Gestaltung,
Stephanie Weischer
unter Verwendung eines Fotos von Trevillion Images/Jessica Hilltout
Satz: Greiner & Reichel, Köln
Gesetzt aus der Stempel Garamond 10,4/13,75
Druck und Bindung: Kösel, Krugzell
Gedruckt auf säurefreiem, chlorfrei gebleichtem Papier
Printed in Germany · ISBN 978-3-423-24792-4

I

Einfach ausschalten, denkt er mit einem Blick auf das mattsilbern schimmernde, im Augenblick stumme Gehäuse vor ihm auf dem Tisch: Ein Tastendruck, eine kurze Melodie signalisiert das Abstellen, und er ist nicht mehr zu sprechen. Oder er könnte es wegwerfen, das wäre noch konsequenter. Noch symbolischer! Das elende Ding würde im Abfalleimer klingeln, wo niemand es hört. Ein letztes Mal vielleicht im Bauch des Müllwagens, auf dem Weg in die Verbrennungsanlage. Er stellt sich vor, wie der farbige Arbeiter auf dem Trittbrett *Für Elise* aus einem Plastiksack erklingen hört, sich wundert, die Hand aber zu spät ausstreckt – die Mechanik ist bereits in Gang gesetzt, Schraubenwinden ziehen die Stahlplatte, die die Säcke platt drückt, ohne sie zu zerpressen, unbarmherzig ins Innere des Müllwagens. Der Farbige zuckt mit den Schultern, pfeift durch die Zähne, das große, grüne, lärmende Gefährt setzt seinen Weg von Müllsack zu Müllsack fort, morgens um sechs in den leeren Straßen von Paris. Man wird nie erfahren, ob *Für Elise* verklungen ist, von Neuem begonnen hat oder endgültig verstummt ist. Kein Mensch interessiert sich dafür.

Außer *ihr* natürlich. Sie hört das Läuten und sieht ihn vor sich, wie er der Melodie lauscht und zögert. Sie spürt, wie unruhig er wird, hin und her gerissen in der Bewegung verharrt, seine Hand nach dem Telefon ausgestreckt. Er stellt sie sich wie einen Fuchs auf der Lauer vor. Schade, dass sie nicht weiß, dass die Melodie im Müll ertönt, zwischen fettigem Papier und stinkendem Abfall, den trostlosen Überbleibseln menschlicher Existenzen. Ja, wirklich schade …

Er zuckt zusammen, weil das Telefon sich plötzlich meldet. Zunächst ist es nur ein kaum hörbares, sich wiederholendes Brummen. Das tonlose Vibrieren lässt die Tischplatte mitschwingen. Und dann natürlich, wie zum Spott, *Für Elise*! Ein Takt, zwei Takte, er weiß, insgesamt sind es sechs, erst dann schaltet sich die Ansage ein, die er gestern aufgesprochen hat. Dabei ist ihm plötzlich der Gedanke gekommen, dass die Anruferin vielleicht nichts anderes hören, nichts anderes wiederfinden will als Annes Stimme. Er hat eine neue, knappe Ansage aufgezeichnet:

– Guten Tag. Sie sind mit der Mailbox von Jean Latran verbunden. Bitte hinterlassen Sie eine Nachricht.

Erst bei der Wiedergabe des Textes ist es ihm bewusst geworden: Er hat die einzige Aufnahme von Annes Stimme für immer gelöscht. Ihm wird nichts bleiben als jene unscharfen, trügerischen Erinnerungen, die mit der Zeit verblassen und schließlich ganz verschwinden. Eine Art Tötung ohne Vorsatz. Unvermeidlich.

Aber das hält sie nicht ab, sie versucht es weiter. Nie hinterlässt sie eine Nachricht, sie ruft immer wieder an, unermüdlich. Schließlich nimmt er ab. Dieselbe absurde, unerbittliche, quälende Stille, wie immer.

Das geht inzwischen ... eine Woche so, denn heute ist Sonnabend, Anne ist am Dienstag vergangener Woche gestorben, am Freitag war die Einäscherung. Und am nächsten Tag hat es angefangen.

Anne ist tot.

Drei Worte. Immer wieder spricht er sie aus, in der stillen Wohnung, manchmal sogar mit erhobener Stimme. Er spricht sie aus und lauscht. Diese Worte sollten unsagbar sein! Die Lippen formen sie ohne besondere Mühe, das Ohr nimmt sie auf, sie klingen flach. Er wiederholt sie, damit sie endlich ihre schreckliche Bedeutung gewinnen, ihre schreckliche Wahrheit verbreiten können, aber seine Erwartung wird jedes Mal enttäuscht. Ja, eine Erwartung! Genau dort, in der unbegreiflichen Kluft zwischen dem Abgrund, den diese Worte aufreißen müssten, und ihrem dumpfen Klang: *Anne-ist-tot* – hockt stumm und geduckt das Grauen, dem er auf der Spur ist. Er muss es ans Licht bringen, auch auf die Gefahr hin, von ihm übermannt zu werden. Immer, wenn er die Worte ausspricht, ist er auf den Schmerz gefasst, aber die Worte bleiben leblos, nichtssagende Töne.

Das geht so, seit er sie tot in ihrem Atelier aufgefunden hat (*tot aufgefunden*, wie kann man so etwas denken, es aussprechen?). Etwas in ihm ist sofort zurückgewichen, wie ein Tier im tiefsten, uneinnehmbaren Gang seines Baus, taub gegenüber dem Gebell der Hunde und den Schreien der Jäger. Ein verängstigter Teil seiner selbst, zurückgezogen, unerreichbar.

Seit diesem Augenblick haben die Worte ihre Bedeutung verloren. Alle Worte jetzt sind blutleer, wie die Gegenstände, die Anne berührt hat, und die die Wärme ihrer Hände hätten speichern sollen. Ihre Pinsel zum Beispiel, die er hundertmal angefasst und wieder weggelegt hat: Holz, nichts als Holz zwischen seinen Fingern. Oder die beiden Farbpaletten, auf einer lag noch ein Tropfen Mauve, den sie abdunkeln wollte, dem Beige haftete etwas Schwarz an, das sich nicht mit ihm vermischt hatte, die Farbe war nicht kräftig, sondern matt, und einige Stunden später hart geworden. Selbst dieses ovale Stück gelackten Holzes, das noch einen Rest Leben in sich zu tragen schien – er fasste es an wie früher, wie sie es immer getan hatte, und hielt es vor sein Gesicht, um den Geruch einzuatmen – selbst dieses Stück Holz war nur ein kalter Gegenstand, farb- und bedeutungslos. Einfach nur fleckig.

Und das Blut, so wenig Blut!

Das Blut hätte schreien müssen!

Sie hatte warmes Wasser in das kleine Becken laufen lassen, das er selbst in einer Ecke des Ateliers installiert hatte. Die Klinge des Cutters war tief in ihr linkes Handgelenk eingedrungen, so musste sie begonnen haben, die Schnittwunde am rechten Handgelenk war deutlich weniger tief. Danach hatte sie ihre Gelenke unter das fließende Wasser gehalten. Das Blut wurde spiralförmig in den Abfluss gespült. Sie war ganz langsam zusammengesackt, ihr Körper rutschte zwischen der Wand und dem Becken hinab. Schließlich sank sie auf die Knie und lehnte die Stirn gegen das Porzellanbecken, noch immer hielt sie beide Gelenke unter den Wasserstrahl.

Als er sie fand, war der kleine Boiler leer, das fließende Wasser kalt. Kalt und unnütz, es gab kein Blut, das weggespült werden musste, die Wunden an den Handgelenken waren weiß, man hätte sie auch übersehen können. So wenig Blut … Nur ein paar Spuren am Beckenrand. Man stirbt nicht auf eine Weise, bei der so wenig Blut zurückbleibt!

Ihre grauen, hellen Augen waren weit geöffnet. Sie blickte ins Leere.

Er war abrupt aufgewacht. 4 Uhr 50, zeigten die grünen Ziffern des Weckers in der nächtlichen Dunkelheit des Schlafzimmers, in der Stille, die um diese Zeit nichts Ungewöhnliches hatte und trotzdem bedrohlich wirkte. Sie lag nicht neben ihm, oft arbeitete sie spätnachts, und manchmal fand er sie schlafend auf dem alten Sofa in ihrem Atelier.

Er hatte ein paar Augenblicke gebraucht, um etwas wie ein permanentes Zischen wahrzunehmen, das die Stille um ihn herum nicht ausfüllte, sondern eher vertiefte. Bald begriff er, dass es das leise Fließen von Wasser in den Rohrleitungen war. Was ein Zeichen von Leben hätte sein können, rief in ihm eine irrationale Angst hervor. Er sprang aus dem Bett und lief über den langen Flur zum Atelier. Durch den nicht ganz geschlossenen Rollladen sickerte Licht. Unmittelbar darauf erkannte er den Ursprung des Geräuschs, hartnäckig und kalt, in einer Ecke des Raums. Schon an der Tür hatte er es gewusst.

Was folgte, war nur noch die Bestätigung. Seine Gebärden, hilflose Beschwörungen. Er hatte den Hahn zugedreht, eine Hand auf ihre blutleere Wange gelegt, die schwache, schon von Kälte durchsetzte Wärme gespürt und mit beiden Armen ihren leichten und zugleich schweren Körper hochgehoben. Ihre Arme, aus denen längst jedes Leben gewichen war, waren unnatürlich ausgestreckt. Er hatte sie auf das alte Ledersofa gelegt und sie dort liegen lassen, wo sie nun fremd wirkte. Hier war sie nicht mehr zu Hause, sie hatte jede Beziehung zu diesem Ort verloren, der Ruhe und Halt versprach.

2

Warum hatte er das Handy nicht weggeworfen? Weil es Anne gehört hatte? Er hätte ganz einfach warten können, bis der Akku leer war, eine Sache von ein oder zwei Tagen! Stattdessen ließ er es eingeschaltet, und seit einer Woche, mehrfach tagsüber und vor allem nachts, erträgt er, mehr noch, erwartet er das dumpfe Vibrieren und die spöttischen ersten Takte von *Für Elise*. Manchmal, aber immer seltener, nimmt er ab und lauscht diesem Schweigen, das ihn nicht mehr überrascht. Wie man in die Dunkelheit lauscht, horcht er, ob sich in dem leisen Knistern ein Atemzug, die Andeutung einer Reaktion erkennen lässt. Immer vergebens. Eine, vielleicht zwei Minuten, dann legt sie auf.

Warum »sie«? Kein Wort, kein Hinweis, nichts beweist ihm, dass sich eine Frau im Dunkeln versteckt hält, und doch ist er sich sicher.

Für kurze Zeit Stille, dann legt sie auf. Am Anfang hat er geschrien, gefragt, wer am anderen Ende sei, sich beschwert, vergebens, sie legte immer auf dieselbe Weise auf, ob er etwas gesagt hatte oder nicht. Mittlerweile lauscht er, ohne etwas zu sagen.

Warum lässt er dieses Telefon eingeschaltet?

Irgendwo in der Stadt muss auch sie wachen.

Er öffnet die Fenstertür und tritt auf den Balkon. Ein paar Autos fahren schnell den Boulevard hinab. Ein Pärchen passiert den menschenleeren Gehweg, die Frau holt beim Sprechen weit mit den Armen aus und macht bei jeder Geste einen Schlenker, der Mann geht gerade und sehr steif. Ihre Worte dringen nicht bis zu ihm hinauf.

Graue Häuserwände. Hier und da ein erleuchtetes Fenster, ob dahinter jemand arbeitet oder leidet? Oder keinen Schlaf findet, auf die Morgendämmerung wartet. Hinter irgendeinem Fenster, vielleicht ganz in der Nähe, wartet die Frau, diese Verrückte. Sie greift zum Telefon, wählt die Nummer, immer dieselbe, vielleicht begnügt sie sich damit, auf die Taste für die Wahlwiederholung zu drücken. Sie hört das Läuten, seine Stimme, seine Fragen, seinen Ärger und lächelt stumm. Er sieht das Lächeln, einen schmalen, hässlichen Mund, und legt auf. Dann beginnt alles von vorn.

– So was kommt vor, meinte Étienne, der Einzige, mit dem er darüber gesprochen hat. Von Todesfällen besessene Leute, oft selbst in Trauer. Sie lesen die Todesanzeigen und bleiben an einem Namen hängen. Oft weckt eine Winzigkeit, ein ähnlicher Wortlaut zum Beispiel, ihren Wahn. Wirf das Telefon weg! Ändere die Nummer. Oder beschwer dich bei der Polizei. Tu was!

Étienne muss wissen, wovon er spricht, er ist Psychiater.

– Ich bin nicht ganz so sicher wie du, dass es eine Frau ist, hat er hinzugefügt, aber es klingt plausibel. Ein Mann würde etwas sagen.

– Aber woher hat sie die Nummer? Es ist die von Anne, es ist ihr Handy, ich habe gar keins. Wer kann das wissen?

Étienne meint, heute sei alles möglich. Es gebe Listen mit Handynummern, zu denen man sich Zugang verschaffen könne, er habe davon gehört. Außerdem, sagt er zögernd, vielleicht ist es eine Bekannte, wer weiß? Aber wichtig sei nur, dass er endlich Schluss damit mache, sich auf diese Weise belästigen zu lassen. Dieser Selbstmord sei schwer genug für ihn. Da könne man auf so was gut verzichten!

Von seinen Freunden spricht nur Étienne das Wort Selbstmord aus, die anderen reden von Tod, von Abwesenheit oder Verlust …

Jean sagte, er sei einverstanden, er werde es tun.

– Was? Was wirst du tun?

– Ich weiß nicht … Auf jeden Fall das Telefon wegwerfen.

Er hat es nicht weggeworfen. Die Nummer nicht geändert. Es nicht einmal abgestellt. Er starrt auf das Handy auf dem Tisch, gerade schweigt es, aber es wird wieder klingeln. Er weiß es und wartet darauf. Étiennes Worte kommen ihm in den Sinn: »Da kann man auf so was gut verzichten.« Stimmt das?

3

Er hatte nichts bemerkt, nichts vermutet, aber hätte er etwas bemerken können? Musste sich dieser Tod nicht heimlich angeschlichen, sich in Worten, Gesten, in ihrem Gesicht oder in ihren Augen angedeutet haben? In ihren rauchgrauen Augen, die immer abwesend, irgendwo anders waren, selbst wenn sie mit ihm sprach? Sind sie dorthin gewandert, zu diesem Punkt ohne Wiederkehr?

Er war bei ihr, in ihrer Nähe, wie der Wächter eines Landsitzes, der ihn hüten, aber nicht betreten darf. In ihrem Inneren gab es Bereiche, zu denen er keinen Zutritt hatte, und er erhob auch keinen Anspruch darauf. Innerlich kämpfte und liebte sie, sie wehrte sich, wich zurück, triumphierte, sie verzichtete und gab nicht auf. Manchmal warf sie Pinsel und Farben beiseite, zerschnitt zornig die Leinwand – schon da der Cutter! – und lief in die Nacht hinaus. Er sah, wie sie darin verschwand, und wartete manchmal bis zum Morgen auf sie. Dann nahm er sie in die Arme, zog sie vorsichtig aus, streifte nur flüchtig ihren Körper, den er als schön, zerbrechlich und geheimnisvoll empfand, und legte sich neben sie. Ohne sie zu berühren, aber so dicht, dass sie seine Wärme spürte, dass sie wusste, er war da. Er atmete ihren

Geruch, hörte auf ihre Atemzüge, die langsam ruhiger wurden, und erst dann schlief er ein.

Auf diese Weise liebte er sie. Sie barg ein dunkles, quälerisches, schmerzliches Geheimnis, das ihre Bilder nur unzulänglich verschleierten, sie wirkte zerbrechlich und stets bedroht. Nie zuvor war ihm eine Frau so kostbar gewesen. Vielleicht hatte er bei denen, die er vor ihr gekannt hatte, diese Verlorenheit nicht erkannt, die ein Teil ihres Lebens war? Vielleicht hatte er andere Frauen deshalb nicht ertragen, sie gequält, zu wenig geliebt – genau das hatten sie ihm vorgeworfen.

Tief in ihm hatte es immer ein fest verwurzeltes Misstrauen gegeben, die Überzeugung, nur Spielzeug einer Einbildung zu sein. Nicht unbedingt einer Täuschung: Sie hatten gesagt, dass sie ihn liebten, und er zweifelte nicht an ihrer Aufrichtigkeit. Aber mit einer unerschütterlichen Gewissheit wusste er auch, dass der Zeitpunkt käme, an dem der Schleier zerreißen, an dem er einsam und entblößt zurückbleiben würde, und er wappnete sich im Vorhinein dafür.

Bis zu ihrem ... Erscheinen. Das ist das einzig treffende Wort.

Wollte er diesen Augenblick in der Erinnerung noch einmal durchleben? Hieße das, zurückzukehren, zum Beginn einer glücklichen Zeit? Oder die Wunde der Erinnerung aufreißen? Wieder sieht er sich in der lauten Menschenmenge bei der Vernissage, er hatte sich von Freunden mitnehmen lassen, die darauf achteten, dass er nicht immer allein zu Hause blieb. Wie so oft ließ er sich treiben, leicht melancholisch, aber im Grunde erleichtert nach einer endlich vollzogenen Trennung. Étienne und Catherine waren stets aufmerksam, aber ihre Freundschaft wurde ihm manchmal lästig. Und dennoch: Warum sollte er nicht zu dieser Vernissage? Er kam ohnehin nicht zum Schreiben, die Zeit verging schleppend, eintönig – ja, warum nicht zu einer Vernissage? Er hatte sich umgezogen und die beiden vor einer Galerie getroffen. Bis auf den Bürgersteig standen geladene Gäste mit einem Champagnerglas in der Hand. Drinnen Lärm, der betäubende Geruch von Parfum, Catherine und Étienne waren gerade im Gewühl verschwunden. Ein leichtes Unwohlsein. An den Wänden Bilder in heftigen Farben, durch die Menge kaum zu sehen, er versucht nicht ernsthaft, sie zu betrachten. Tatsächlich hütet er sich sogar davor – das wird er später begreifen. Wie ein absichtlich schlecht eingestelltes Objektiv verweigert sein Blick die richtige Anpassung, Gestalten, Gesichter bleiben verschwommen, die Geräusche unbestimmt, jemand spricht ihn an, er versteht weder, wer es ist, noch, was er sagt, aber er macht sich deswegen keine Gedanken, er hätte nicht mitkommen sollen. Er denkt daran, unauffällig zu verschwinden. Soll er Étienne suchen und es ihm sagen?

Irgendetwas geschieht, aber er findet keine Beziehung dazu. Er macht es sich noch nicht einmal bewusst. Wie viel Zeit ist inzwischen vergangen? Während er langsam müde wird und nach dem Ausgang sucht, rührt sich ein anderer Teil von ihm nicht vom Fleck, ist wie erstarrt. Sein Blick wird in einen lichten Tunnel gezogen, der die wirre Menge durchbohrt, eine Allee der Stille und der Reglosigkeit, an deren anderem Ende ihn ein Gesicht und ein Gemälde erwarten. Genauer, zwei Augen und zwei weiße Flecken, die ihr Pendant sind. Die Augen: grau, rauchgrau, in der Ferne verloren, Träger eines Schmerzes, den er nicht zuordnen kann, der von ihm Besitz ergreift und für einen Moment zu seinem wird, ihn trifft und jäh erwachen lässt. Eine Frau, plötzlich sieht er sie scharfumrissen, wie durch eine präzise Objektiveinstellung. Ein ernstes Gesicht, fast streng, vollkommen einsam. Eine nackte Schulter, darauf die Spiegelung von Licht, der restliche Körper bleibt verborgen. Neben der Schulter und dem Gesicht, von gleicher Farbe, so eng mit dieser Frau verbunden, dass er keinen Moment daran zweifelt, dass sie die Künstlerin ist, strahlt das Gemälde denselben Schmerz aus durch die weißen Zwillingsflecken, die sich auf sich selbst richten, ohne Ziel und ohne Hoffnung, inmitten des Sturms.

Er tritt einen Schritt vor, und weil ihn nichts daran hindert, geht er auf sie zu. Niemand kreuzt seinen Weg, und als er sich ihr nähert, erkennt er sich in ihren grauen Augen, er kehrt zu sich selbst zurück. Sie gibt ihm sein Gesicht wieder. Nichts Fröhliches, nichts wirklich Glückliches liegt in dieser Bewegung, die sie einander näherbringt, aber eine Notwendigkeit, der er sich nicht entziehen kann. Beide spüren an sich selbst sowie bei dem anderen ein leichtes Zögern, die Vorahnung einer Gefahr, die sie einfach beiseiteschieben und missachten. Sie wird die Wände in dem Tunnel verkleiden, an dessen Ausgang sie ihn erwartet.

Es wurden Worte gewechselt, zweifellos, aber er erinnert sich kaum daran. Die plötzlich aus der Menge aufgetauchte Catherine stellt sie überflüssigerweise einander vor. Jean Latran, Anne Sorensen. Das Fest heute Abend wird für Anne gegeben, sagt sie, hatte ich nicht recht, dich davon zu überzeugen, mit uns zu kommen? Hast du dir ihre Bilder angesehen? Was hältst du davon?

– Ich habe sie mir noch nicht richtig ansehen können, sagt Jean.

Und er bittet Anne, mit einer Kühnheit, die er an sich nicht kennt:

– Ich würde sie mir gern zusammen mit Ihnen ansehen.

Sie scheint den Wunsch nicht ungehörig zu finden, nickt und begleitet ihn. Sie lassen Catherine stehen und schlängeln sich von Bild zu Bild, ohne die Umstehenden zu beachten. Anne bleibt schweigsam, begegnet aber ohne Zögern seinem Blick, wenn er von den Bildern zu ihrem Gesicht zurückkehrt, von diesen beiden weißen Flecken, die gebieterisch und geheimnisvoll jedes Bild beherrschen, zu ihren ruhigen und sehr hellen Augen.

Nie wird er sie zu diesem schmerzlichen Leitmotiv ihrer Malerei befragen. Später wird sie ihm ihr Atelier zeigen, bei sich zu Hause, und er wird sehen, wie sich ihr Stil im Laufe der Jahre gewandelt hat. Fiebrige Schaffensperioden, beherrscht von leidenschaftlichen Formen und Farben, abgelöst von anderen, die gedämpfter, zurückgenommener sind, mit Melancholie getränkt. Aber immer sind da, mal nur angedeutet und fast verdeckt, dann bedrohlich im Vordergrund, diese beiden zwillingsgleichen Flecken, die von Bild zu Bild irren wie ein Geist durch Zimmerfluchten eines Spukschlosses.

Er wird ihr auch nie Fragen zu ihrem vorherigen Leben stellen. Wird kaum darauf achten, was Cathérine und Étienne darüber sagen, die begeistert sind, dass sie diese Begegnung herbeigeführt haben. Sie scheinen allerdings selbst nicht viel zu wissen, er interessiert sich nicht weiter dafür. Was sie zusammengebracht hat, spielte sich innerhalb eines Augenblicks ab, in einer aus jedem Zusammenhang gelösten, die Vergangenheit ignorierenden Gegenwart.

Jeans Wohnung ist riesig, viel zu groß für ihn allein, aber er hat es nie über sich gebracht, dort auszuziehen. Hier ist er geboren worden, wie vor ihm sein Vater. Es gab eine Zeit, in der all diese Räume im obersten Stockwerk des Hauses am Boulevard Henri IV von Stimmen, Schritten, Lachen widerhallten. Und dann, ganz allmählich, Abschiede, Todesfälle, er blieb allein zurück. Jetzt freut er sich darüber: Der nach Norden liegende Teil der Wohnung, der zum Hof hinausgeht, lässt sich ohne größere Schwierigkeiten – es mussten nur ein paar Zwischenwände entfernt und ein großes Oberfenster freigelegt werden – in ein perfektes Atelier für Anne verwandeln.

Er schreibt, sie malt, abends treffen sie sich in dem großen Wohnzimmer, dessen Glasschiebetüren sich auf einen Balkon oberhalb der Baumkronen öffnen. Manchmal fragt sie, wie weit er mit dem Roman ist, an dem er schreibt. Glücklich und aufgeregt holt er ein paar Seiten von seinem Schreibtisch und bemüht sich, in dem Rhythmus zu lesen, den sie, über seine Schulter gebeugt, vorgibt. Er versucht, die unmerklichen Bewegungen ihres Körpers, einen Seufzer, eine Zigarettenpause zu deuten, um zu verstehen, was sie beim flüchtigen Durchblättern der Seiten empfindet. Ganz so, als würden sie sich lieben, befragt er nachdenklich die Hand, die gedankenverloren auf ihm verharrt und fragt sie, wer er ist.

Manchmal, eher selten, ruft sie ihn in ihr Atelier. Einige Augenblicke lang braucht sie seine Nähe, keine oder nur nebensächliche Worte. Ein flüchtiges, aber dringendes Bedürfnis nach einer Stütze oder vielleicht nur nach einem Kontakt, er weiß es nicht, ist aber glücklich darüber, und bevor er wieder geht, spürt er auf ihren Lippen eine Beruhigung, die sie scheinbar durch ihn gefunden hat.

Oft ging sie, überdreht und aufgewühlt, in die Nacht hinaus, in die frische, kühle Luft. Er hatte gelernt, auf sie zu warten, halbwach auf ihre Rückkehr zu lauern. Ich weiß nicht, ich bin herumgelaufen, antwortete sie beim ersten Mal auf seine Frage. Ihre Stimme zitterte, wie ihr Körper. Er hüllte sie schnell in eine Decke. Nahm sie ganz leicht in die Arme, wärmte sie. Sie hätte es nicht ertragen, wenn er sie zu fest halten würde. Er spürte, wie sie langsam wieder zu sich selbst fand, zu ihm, sie stieß einen langen Seufzer aus, der Erleichterung, des Bedauerns, der Hingabe an ihn oder der Hingabe an etwas anderes? Er wusste es nicht. Sie schmiegte sich enger an ihn, nahm seine Hand, legte sie auf ihre Brust und schlief ein. Er blieb lange so liegen, rührte sich nicht, lauschte still ihrem Leben, das im Schlaf eingeschlossen war wie diese kleine, seiner Hand anvertraute Brust.

Er glaubte, es würde immer so sein. Sah die Eisesnacht nicht kommen, in der sie mit ihrem Schmerz allein war. In der sie, während er schlafend auf sie wartete, einsam eine von vornherein verlorene Schlacht schlug, ganz in seiner Nähe, nur wenige unüberbrückbare Meter entfernt. Er hätte es wissen müssen.

Er geht im Atelier auf und ab. Auf der Staffelei ein unvollendetes Bild. Was hat letztlich die Oberhand gewonnen? Es liegt etwas Ungewöhnliches im Fluss der düsteren Farben, wo ein tiefes Blau vorherrscht, das in Wellen mit dem Messer bearbeitet wurde. Er berührt die gemarterte Oberfläche mit dem Finger, tippt sie leicht an, sie ist noch nicht ganz trocken und gibt ein wenig nach. Doch das irritiert ihn nicht, er lässt den Finger zögernd über den unruhigen Farbauftrag wandern. Schließlich wird ihm bewusst, wonach er sucht: Auf diesem Bild fehlen die beiden weißen Flecken. Sind sie in den noch unbemalten Flächen verborgen? An welcher Stelle? Er stellt sie sich vor, findet sie aber nicht. Eine unerklärliche Wut keimt in ihm auf, er sieht sich bereits das Bild mit dem Cutter zerschneiden, wendet sich ab.

Der Cutter! Aus ihrer Hand geglitten, matt glänzend auf der Holzdiele unter dem Waschbecken. Er weiß nicht, was damit passiert ist. Haben die Polizeibeamten ihn mitgenommen? Als Beweisstück? Für was – oder gegen wen? Die Blutspuren auf dem weißen Porzellan sind beseitigt. Dieser Kratzer am Beckenrand – verursachte sie ihn, als sie zu Boden sank? Er fährt ihn mit der Fingerspitze nach, von oben nach unten, bis zu dem Punkt, an dem sie ohnmächtig wurde. Wiederholt es einmal und noch einmal. Ein langsames Niedersinken, Dahinschwinden, Sterben, einmal und noch einmal …

Von unten, aus dem Wohnzimmer, ertönt spöttisch, absurd und grausam *Für Elise*.

4

Ein heiterer Frühlingsmorgen liegt über der Stadt, mild und gleichmütig, wie ein zarter Schleier. Die noch tief stehende Sonne fließt mit der Seine, streichelt die Fassade des Louvre, legt einen Tupfer zartes Gelb auf die keimenden Blätter der Uferpappeln. In der Mitte der Brücke, am höchsten Punkt der Wölbung, blickt er auf den Fluss, beide Hände auf die steinerne Brüstung gestützt. Er schließt die Augen. Das Licht wärmt sein Gesicht, dringt rosafarben durch seine Lider, vielleicht noch tiefer – er sehnt sich nach einem Kälteschwall, der ihn wie neu und ohne Erinnerung zurückließe, fühlt aber nur die schmeichelnde Aprilsonne.

Schon zweimal ist er bis hierhin gekommen, hat aber gezögert, zur anderen Uferseite hinüberzugehen. Zweimal hat er darauf verzichtet, ist langsam in seine leere Wohnung zurückgekehrt, gegen den Strom einer geschäftigen Menge, gegen eine Welle von Gesichtern und allzu lebendigen Menschenleibern. Zehn Tage nach der Beerdigung sah er sich die Tür des Verlagshauses aufstoßen, die stets belebte Eingangshalle, spürte liebenswürdige Blicke, flüchtig auf seinen Arm gelegte Hände. Er hätte darauf verzichten können.

Éva, die das Sekretariat der Buchreihe besorgt, die er herausgibt, hat ihn jeden Tag angerufen. Ja, die Manuskripte stapelten sich, aber er solle sich die Zeit nehmen, die er brauche. Sie habe eine erste Auswahl getroffen, er könne seine Zustimmung geben, wenn er wieder zurück sei, sie habe auch schon alle eher unwichtigen Briefe beantwortet, nichts sei wirklich dringend. Wenn es ihm lieber sei, könne sie mit der vordringlichsten Arbeit bei ihm zu Hause vorbeikommen. Er hat ihr Angebot abgelehnt. Er konnte sich nicht vorstellen, dass jemand die Wohnung betritt, nicht einmal die äußerst zurückhaltende Éva. Dass jemand an der Tür klingelt, dass er sie öffnet, jemanden begrüßt, etwas sagt, dass Stimmen zu hören wären …

Wenn er sich diesmal nicht entschlösse zurückzukehren, würde er es nie mehr können. Er hat Angst vor dieser schweren Last, vor der Untätigkeit, die ihn ständig ins Atelier führt, vor dem Geräusch seiner Schritte in menschenleeren Räumen. Mit beiden Händen stößt er sich von der steinernen Brüstung ab und geht weiter, diesmal geht er hinüber zum Quai Voltaire, über den bereits die blinde Flut der Autos dröhnt.

Tausendfach durchquerte Straßen. Die Schaufenster der Antiquitätenläden, vor denen er oft stehen blieb. Das Bistro an der Ecke. Hinter den Scheiben ein paar vertraute Gesichter, Menschen, die sich vor der Arbeit beim morgendlichen Kaffee an der Theke unterhalten. Schnell geht er weiter. Es kommt ihm eigenartig vor, dass die Welt sich fast überhaupt nicht verändert hat. Es liegt etwas Absurdes in dieser Unverrückbarkeit der Dinge, in diesen Gebärden und Gewohnheiten.

Die schwere Tür aufstoßen, die Empfangsdame begrüßen, nach der Morgenpost greifen, Éva sagen hören, sie habe sich bereits um irgendetwas gekümmert. Die Blicke und Begrüßungen sind diskret, der Händedruck ist kaum nachdrücklicher oder herzlicher als sonst. Rasch gemurmelte Worte, Jean, da bist du ja wieder, das ist schön, mein Freund, falls du irgendwas brauchst ... Was sollte er brauchen?

Er geht in sein Büro hinauf, schließt die Tür hinter sich und bleibt wie ein Besucher, den man nicht gebeten hat, sich zu setzen, stehen. Das ist er: ein Besucher. Ein Fremdkörper in einer fremden Stadt. Er weiß, dass dieses Gefühl verschwinden, bereits schwächer wird, wenn er seinen Mantel auszieht und ihn an der gewohnten Stelle aufhängt. Er ist sich nicht sicher, ob er sich darüber freuen soll. Es liegt eine dumpfe, unbestimmte Drohung in dieser Erleichterung, in dieser Vertrautheit der Dinge, der Räume, der gewohnten Gesten. Etwas in ihm würde lieber in der Kälte verharren. Ein Gedanke, nur gestreift: Fühlt er wie sie?

Er setzt sich an seinen Schreibtisch, betrachtet die perfekte Ordnung. Einige Manuskripte, an einer Ecke aufeinandergestapelt. Er greift nach den obersten, liest die Titel, die Namen der Autoren, legt sie wieder weg, vergisst sie auf der Stelle. Er versucht die Anstrengung einzuschätzen, die es ihn kosten wird, wieder mit der Arbeit zu beginnen, sich aufs Neue dafür zu interessieren, versucht sich einen Überblick zu verschaffen, was er lesen muss. Lieber wäre er abweisend und hart, wie er es nie gewesen ist, aus Stein. Er kämpft gegen ein Unwohlsein, das ihn wie brackiges Wasser überschwemmt, er denkt daran zu gehen, zu verschwinden, schon hat er sich halb von seinem Stuhl erhoben. Ein schwaches Klopfen an der Tür, er antwortet mit einem Ja, setzt sich wieder.

Éva. Eine überraschende Frage, die er sich nie gestellt hat: Wer ist Éva? Wer ist diese grazile Person, was steckt hinter diesem feingeschnittenen, dezent geschminkten Gesicht mit den veilchenblauen Augen? Hat er sie jemals richtig angesehen? Sie erscheint ihm wie der erste wirkliche Mensch, dem er seit Annes Tod begegnet, alle anderen sind ihm wesenlos, kontur- und farblos vorgekommen. Fast nimmt er ihr übel, dass sie so real vor ihm steht, sie muss es spüren, ein Schatten huscht über ihr Gesicht. Hat sie vielleicht beim Eintreten etwas gesagt, das ihm entgangen ist? Sie fragt:

– Möchten Sie, dass ich etwas später wiederkomme?

– Nein, sagt er, nein!

Er zögert, hält die Worte einen Moment zurück, die sich ihm aufdrängen.

– Nein, bleiben Sie, Éva. Ich brauche Sie.

Sie arbeiten zügig, effizient. Éva bestimmt diesen nicht abreißenden Rhythmus, macht knappe, auf das Wesentliche beschränkte Bemerkungen. Der Posteingang: Briefe, die bereits beantwortet sind, schwierigere Fälle, für die sie einen Entwurf vorbereitet hat, dann der Hinweis auf ein paar persönliche Schreiben. Ein Exemplar vom Autor korrigierter Satzfahnen, schon überprüft. Ein Umschlagentwurf macht noch Probleme. Er hätte nicht gedacht, dass in knapp vierzehn Tagen so viel Arbeit aufläuft.

– Das Schlimmste zum Schluss, sagt sie lächelnd.

In einer Zimmerecke, auf dem Fußboden, ein Stapel von ungefähr zehn Manuskripten, den er nicht bemerkt hat.

– Ich habe eine Vorauswahl getroffen. Die hier scheinen mir nicht in unsere Reihe zu passen, Sie werden es selbst sehen, beim ersten Überfliegen ... Also bleiben diese fünf.

– Sie haben alles gelesen?

– Ich lese sehr gern. Und ich habe Zeit. Ich habe sie abends mit nach Hause genommen, immer zwei auf einmal.

Ihm wird bewusst, dass er nichts über sie weiß. Weder kennt er ihr Alter noch weiß er, ob sie verheiratet ist. Jedenfalls kann er sie sich nicht mit Kindern vorstellen. Er würde gern fragen, zögert, lässt es.

– Es ist gleich eins, sagt er. Wo essen Sie zu Mittag?

– Eigentlich gar nicht. Aber heute schon. Darf ich einen Vorschlag machen? Ein kleines Restaurant, zwei Schritte von hier. Ich hole nur meinen Mantel und treffe Sie unten.

Er nickt zustimmend. Sieht sie hinausgehen, schlank, sehr aufrecht. Er steht schwerfällig auf, vom langen Sitzen steif geworden. Ich bin fünfundvierzig, denkt er.

Es ist tatsächlich ein sehr kleines Restaurant, höchstens sechs bis acht Tische, rot-weiß karierte Decken. Schon oft ist er diese Straße entlanggegangen, nur zwei Schritte vom Verlag entfernt, ohne je auf das Lokal zu achten. Ein älteres Paar unterhält sich leise, ein einzelner Mann liest beim Essen ein Buch. Eine weißhaarige Frau begrüßt sie lächelnd.

– Meine Tante Emma, stellt Éva vor. Monsieur Latran.

– Endlich bringst du mal Gäste mit!

– Meine Tante ist die Besitzerin des Restaurants, erklärt Éva, als sie sich setzen. Das Haus ist außerdem ein kleines Hotel für Dauergäste.

Sie zeigt mit dem Finger zur Decke:

– Ich wohne hier. Ganz oben, im sechsten ... Ohne Aufzug!

– Sie leben allein?

Sie nickt wortlos.

Ein Schweigen, nicht unangenehm, das sie unterbricht, als sie ihn anblickt:

– Ich habe es Ihnen noch nicht gesagt ... Es wartet noch mehr Arbeit auf Sie.

Er nickt.

– Es fiel mir schwer, wieder zurückzukommen, sagt er.

– Sie haben doch Zeit. Warum schon heute?

– Ich weiß nicht ... Ich war auf der Brücke ...

– Auf der Brücke?

Als er ihren verdutzten Ausdruck sieht, lacht er, zum ersten Mal seit langer Zeit.

– Auf dem Pont du Carrousel. Auf dem Weg zum Verlag ... Zweimal habe ich auf halbem Weg kehrtgemacht, ich konnte die Brücke nicht überqueren. Warum heute? Mir war klar, wenn ich es wieder nicht schaffe, werde ich es nie mehr können. Und dann ...

Er schweigt. Er möchte nicht über die leere Wohnung, über Annes Atelier sprechen. Über die Einsamkeit.

– Und dann?

– Es gibt da … dieses Handy.

Er wundert sich, dass er ohne Zögern mit ihr darüber spricht, über die bedrückende Stille am anderen Ende der Leitung.

– Und wenn Sie es einfach abstellen?

– Oder wegwerfen. Ja, ich habe auch daran gedacht. Ich weiß nicht. Ich konnte nicht.

Sie denkt einen Augenblick nach.

– Sie sagen: *Sie* ruft an. Woher wissen Sie, dass es eine Frau ist?

– Ich weiß es nicht. Das ist ein Gedanke, der sich … aufdrängt.

– Sie müssen herausbekommen, wer es ist.

– Warum?

– Womöglich ist es jemand, der verzweifelt ist … Jemand, der sie geliebt hat und nicht darüber sprechen kann?

– Vielleicht haben Sie recht. Ich habe darin eher eine Art … Psychoterror gesehen.

– Was passiert, wenn Sie nicht antworten?

– Ich nehme an, die automatische Ansage schaltet sich ein. Übrigens habe ich sie geändert. Eine andere aufgesprochen, mit meinem Namen.

– Vielleicht ist es die Stimme Ihrer …

– Anne. Sie hieß Anne.

– Vielleicht wollte die Unbekannte – ich gehe jetzt auch einmal von einer Frau aus – Annes Stimme hören.

– Sie ruft trotzdem immer wieder an.

Ein Moment der Stille fällt wie ein Schatten auf die veilchenblauen Augen.

– Das muss nichts heißen …

Ihre Stimme klingt, als käme sie von weit her, zögerlich, betroffen.

– Man kann sich trotzdem daran klammern. Auch ich habe jemanden verloren, vor … vor langer Zeit! Nicht auf diese Weise! Vor einigen Jahren, das Zeitempfinden ist eigentümlich, wenn es einem schlecht geht …

Sie redet über einen Mann, denkt er. Über einen Mann, der auch tot ist?

– Ich habe mir nächtelang seinen Anrufbeantworter angehört. Um seine Stimme zu hören, wieder und wieder … Selbst dann noch, als mir eine automatische Stimme mitteilte, dass es den Anschluss nicht mehr gäbe, habe ich es versucht. Wie lange? Ich weiß es nicht mehr. Sehr lange.

– Ein Mann, den Sie geliebt haben?

– Ja.

– Er ist auch tot?

– Nein. Er ist nur … plötzlich verschwunden. Ich wollte nicht … Ich weiß, das ist nicht dasselbe.

– Ich weiß nicht, sagt Jean.

Er blickt sie aufmerksam an.

– Ich weiß nicht. Anne hat sich umgebracht, wie Sie wissen. Es ist, als … als würde sie mir sagen, dass meine Existenz sie nicht davon abhalten konnte. Das ist vielleicht am schwersten zu akzeptieren.

Sie nickt zustimmend.

– Schließlich habe ich es begriffen. Die Verletzung … die Trauer und auch die Wut. War ich so viel unbedeutender für sie, als ich geglaubt hatte? Und es tat auch weh, als ich erkennen musste, dass ich weniger aus Liebe als aus Eigenliebe litt.

Sie essen schweigend. Das ältere Paar ist gegangen. Der Mann hat seine Mahlzeit beendet und liest in seinem Buch weiter. Evas Tante bringt ihm einen Kaffee, tritt näher, zögert, Éva lächelt sie an, sie geht wieder. Das kleine Restaurant scheint von der Zeit und der Stadt losgelöst zu sein. Diese Ruhe. Évas weiße, glatte Stirn, die gesenkten Lider, zu groß für ihr Gesicht. Ein Innehalten. Und plötzlich ein Gedanke, grotesk und zerstörerisch: wenn in dieser Stille Für Elise ertönen würde! Als hätte auch sie daran gedacht, hebt Éva den Blick:

– Man sollte in Erfahrung bringen, wer es ist. Um der Geschichte vielleicht ein Ende zu machen.

– Aber wie?

– Es gibt Möglichkeiten.

Sie benutzt Begriffe, unter denen er sich nichts Genaues vorstellen kann: Rufnummererkennung, Internet-Telefonverzeichnis … Sie zögert und fragt dann vorsichtig, als handelte es sich um einen absolut unpassenden, ja anstößigen Vorschlag:

– Überlassen Sie mir das Handy, wenigstens für einen Tag.

– Einverstanden, sagt er. Ich bringe es morgen mit.

Sie beenden das Essen in einem lockeren, fast beschwingten Plauderton. Beim Hinausgehen bedankt er sich bei ihr.

– Wofür?, fragt sie.

Ihm fällt keine Antwort ein. Sie lächelt ihn an.

5

Marie Fonseca, Impasse Maillard 17, 12. Arrondissement. Und eine Telefonnummer.

Es ist eine Frau. Ein leicht exotischer Name, hat er ihn vielleicht schon mal gehört? Lange betrachtet er den Zettel, auf dem Éva das Ergebnis ihrer Nachforschungen notiert hat, als wartete er auf eine zusätzliche Erklärung, als müsste Éva ihm sagen, was er zu tun hat. Soll er anrufen? Zweifellos wird sie nichts sagen, genau wie wenn sie selbst anruft. Und wenn er es auch so macht? Er stellt es sich vor: den angehaltenen Atem, an beiden Enden der Verbindung, kein Wort, zwischen ihnen nur eine Zone eisigen Schweigens. Das will er nicht. Was will er?

Der Geschichte ein Ende machen, hat Éva gesagt. Wie? Er denkt: ein Schwarzes Loch. Ein Unfall in der Himmelsmechanik, ein Brunnen ohne Grund, der alles in Reichweite verschlingt, vernichtet, Licht, Sterne oder Galaxien. Eigentlich interessiert er sich nicht für Astronomie, hat allenfalls eine vage Vorstellung davon, aber kürzlich hat er in einem Manuskript eine Beschreibung darüber gelesen: Der Verfasser benutzte das Bild metaphorisch, er hat vergessen, aus welchem Grund, aber es hat ihn so stark beeindruckt, dass er sich eine Notiz gemacht hat, wie er es hin und wieder tut, auf einem der unzähligen Zettel, die sich auf seinem Schreibtisch stapeln und nur darauf warten, in den Papierkorb zu wandern.

Ein Schwarzes Loch. Lauernd, reglos und geduldig, unbarmherzig.

Nimm dich zusammen!, sagt er sich. Es ist nur eine Frau, die anruft und stumm bleibt, man weiß nicht, warum, aber so was verdient keine kosmische Ausdeutung! Trotzdem, das Rätsel bleibt bestehen, unergründlich. Seine Gedanken verlieren sich, ausweglos, in derselben Stille, in die Anne verschwunden ist. Warum, ist ungewiss. Und wohin.

Impasse Maillard, 12. Arrondissement. Der Stadtplan von Paris liegt nie dort, wo man ihn sucht. Warum ist er so nervös?

Eine winzige Straße, kaum zu erkennen auf dem Faltplan, am Stadtrand gelegen, fast am äußersten Ende. Metrostation Bel-Air. Er beschließt, am nächsten Tag hinzufahren, frühmorgens, wenn die Luft noch frisch ist.

Unbewusst macht er ein paar Schritte in Richtung Atelier. Er bleibt stehen und zwingt sich zurückzugehen. Streift mit der Hand an den Wänden, den Türen entlang, als bedauerte er etwas. Kehrt ins Wohnzimmer zurück, stellt den Fernseher an, schenkt sich Whisky ein, legt die Zigaretten in Reichweite auf den niedrigen Tisch, vollführt die rituellen Gesten der Einsamkeit. Zusammenhanglose, schwer verständliche Bilder flackern hektisch über den Schirm, er nimmt die Fernbedienung, schaltet gedankenlos von einem Kanal zum anderen. Merkt, dass er hinschaut, ohne etwas zu sehen, und hinhört, ohne etwas zu verstehen. Wechselt den Sender, lässt eine Diskussion über sich ergehen, deren Thema ihn nicht interessiert.

Das Tageslicht ist schwächer geworden. Linien zeichnen sich ab, werden prägnanter, teilen den Raum um ihn in ein gleichmäßiges Netz aus schwarzen Maschen. Eine Art Hängematte, in der er sich ausstreckt, eine bequeme Lage sucht. Éva ist da, sie sagt lächelnd: das Schlimmste zum Schluss. Die Maschen sind elastisch, weiten sich unter seinem Gewicht, hören nicht auf, sich zu weiten, es war etwas Bedrohliches an dieser Bequemlichkeit, er hätte es wissen müssen! Er fällt in einen Brunnenschacht ohne Grund, wird hineingesogen, keine Möglichkeit zu entkommen. Sterben, ein endloses Sterben, vergeblich nach Luft schnappen … Schweißnass fährt er hoch, keuchend, einen stechenden Schmerz im Nacken, von der Seitenlehne des Sofas. Schneetreiben auf dem Fernsehschirm.

Er wartet, bis sich sein Atem beruhigt hat, steht vorsichtig auf, stellt das Gerät ab und holt sich ein Glas Wasser aus der Küche. Geht in sein Zimmer und zieht sich mit steifen Bewegungen aus, wie ein Automat. Ein müder, quer über dem viel zu großen Bett liegender Körper.

Wie lange schon hat er nicht mehr morgens um acht die Metro genommen? An der Eingangstreppe verharrt er auf der obersten Stufe, widersteht einen Moment lang dem dichten Gedränge, das ihn unter die Erde zu ziehen droht. Warum nimmt er kein Taxi? Es ist ihm selbst nicht klar, er überlässt sich der Menge, dem vagen Gedanken, dass diese kleine Reise in der gleichgültigen morgendlichen Menschenmasse auch Anonymität bedeutet. Er geht die Treppe hinunter, stellt sich geduldig für ein Ticket an und sucht nach der richtigen Strecke, wie ein Neuankömmling aus der Provinz.

Er bleibt in der Mitte des Metrowagens stehen, hält sich an einer Stange fest. Sitzplätze werden frei, er könnte sich setzen, tut es aber nicht. Zunehmend absurd kommt ihm dieses Unterfangen vor, je weiter er mit der Metro fährt, die quietschend und kreischend an jeder Station ihren Anteil stummer Leiber ausleert und andere aufnimmt. Was wird er tun, wenn er am Ziel ist? Insgeheim hofft er, er möge es nicht erreichen. Was wird er sagen? Vielleicht findet er sich vor einer verschlossenen Tür wieder? Vielleicht gibt es dort gar keine Marie Fonseca? Oder nicht einmal eine Impasse Maillard?

Endlich die Station Bel-Air. Tausend Treppenstufen. Er taucht in einer anderen Welt auf. Ruhige Straßen, die Frühlingssonne zwischen belaubten Bäumen, lachende Kinder mit Schulranzen. In einem kleinen Gemüseladen erkundigt er sich nach dem Weg, nur zwei Schritte von hier, sagt man ihm, direkt hinter der Brücke, die den Gleisgraben einer stillgelegten Bahnlinie überquert. Eine Brücke, ein Gleisgraben, eine Bahnlinie: Man könnte meinen, man befinde sich auf dem Land. Die Sackgasse, eine enge, mit groben Steinen gepflasterte Straße, ist nicht lang: höchstens fünfzig Meter, auf der einen Seite eine Mauer zum Gleisgraben, auf der anderen kleine

Häuser aus Kalkstein mit überwucherten Gitterzäunen und winzigen Vorgärten. Im Hintergrund eine mit Graffiti besprühte Mauer. Die grellen Farben passen nicht zu der trägen Stille des Ortes.

Langsam geht er die menschenleere Straße hinab. Eine Katze, das einzige Lebewesen weit und breit, läuft ohne Eile hinüber, springt auf eine niedrige Mauer, schlüpft zwischen zwei Gitterstäben hindurch und verschwindet im Gebüsch eines Gartens. An den Zweigen der Fliedersträucher, die über die Gitterzäune hängen, sieht man die ersten Blüten und frische zarte Blättchen. Die noch tief stehende Sonne akzentuiert die Unregelmäßigkeit der Pflastersteine. Auf der anderen Seite des Gleisgrabens erinnern große Mietshäuser an die Nähe der Stadt, doch dieser stille Ort scheint nicht zu ihr zu gehören.

Unerwartet quietscht ein Eisentor. Eine alte Frau mit leerer Einkaufstasche zieht es hinter sich zu, er tritt von dem schmalen Bürgersteig, um ihr Platz zu machen, setzt zu einem Lächeln an, das sie übersieht. Er gehört nicht hierher.

Nummer 17 ist das letzte Haus, direkt vor der Mauer mit den grellen Graffiti. Es ist nicht wie fast alle anderen Gebäude aus Kalkstein, sondern scheint kürzlich frisch verputzt worden zu sein. Ein sehr kleines, weißes Haus. Eine flache Mauer und ein Gitterzaun trennen es von der Straße. Der Vorgarten ist sorgfältig gepflegt, ein asphaltierter Weg führt zwischen schmalen Rasenflächen zu einer dreistufigen Außentreppe. Eine halbkreisförmige Markise über der Eingangstür. Zu beiden Seiten ein geschlossener Fensterladen. Ein drittes Fenster im ersten Stock, über dem Eingang, ist eingefasst von den beiden Dachschrägen aus leuchtend roten Ziegeln. Ein Häuschen wie von Kinderhand gezeichnet, wie ein Gesicht.

Zwei kleine Backsteinsäulen umrahmen das Eisentor. Die rote Mennige wartet auf eine neue Farbschicht. Von der rechten Säule hängt eine Kette herab, an deren Ende ein Eisengriff befestigt ist. Daneben ein Briefkasten aus Holz mit einem kleinen Blechdach. Ein Schild: Fonseca. Kein Vorname.

Er läutet nicht, sondern überquert die schmale Straße und lehnt sich mit dem Rücken an die Mauer. Sucht nach Worten, die er verwenden, Fragen, die er stellen möchte. Es gelingt ihm nicht. Allmählich wünscht er sich, das Haus stünde tatsächlich leer. Dieser Ausflug ist sinnlos, denkt er. Er hat hier nichts zu suchen, in dieser Straße, die ihn übersieht, in der er sich fremd, deplatziert fühlt. Er wird das Handy wegwerfen, dann ist alles vorbei. Dieser Ort, dieses Haus, diese Frau hat es dann nie gegeben. Er wendet sich ab. Hält inne. Gegenüber werden die Läden des rechten Fensters geöffnet. Er hat sich an die Wand gedrückt und kann sich jetzt nicht mehr rühren.

Er kann sich nicht mehr rühren. Kann nicht mehr atmen. Ein einziger Gedanke, und keine Chance, ihn zu verdrängen, obwohl er es müsste, aber es ist kein Gedanke, den man verdrängen kann. Es ist nicht mal ein Gedanke, den man denkt, sondern etwas Unmögliches und zugleich eine absolute Gewissheit, die alles andere ausblendet.

Eben ist Anne ans Fenster getreten.

Er schließt die Augen. Die fest geschlossenen Lider, ein nur zeitweiliger, verletzlicher Schutz. Mit sich selbst sprechen. Ein paar Worte an sich richten, wie ein in einem Albtraum verirrtes Kind. *Anne-ist-tot.* Nimm dich zusammen. Du stehst hier, spürst die Mauer in deinem Rücken, die Sonne wärmt dein Gesicht, atme tief durch. Das Bild ist da, es ist ein Bild, das du anschauen kannst. Er öffnet die Augen. Sie ist noch immer da. Er kann sie anschauen.

Eine schlanke, dunkelhaarige Frau. Wie Anne. Aus dieser Entfernung kann er ihr Gesicht nicht genau erkennen, sieht jedoch deutlich das dichte schwarze Haar, das ihr bis auf die Schultern fällt. Wie bei Anne.

Sich an diesem »wie« festklammern.

Sie trägt einen weißen Morgenmantel, hat mit beiden Händen die Läden aufgestoßen und richtet sich jetzt langsam wieder auf, die Hände auf die Fensterbank gestützt. Sie blickt in seine Richtung. Dem Blick standhalten, zum Weglaufen ist es zu spät. Sie reagiert nicht. Scheint ihn überhaupt nicht zu bemerken, er ist durchsichtig. Ein flüchtiger Gedanke, eine verkehrte Welt: Sie ist Wirklichkeit, er nur ein Phantom.

Wach auf!

Sie verschwindet im Inneren des Hauses. Taucht an dem anderen Fenster auf, dessen Läden sie mit derselben Bewegung aufstößt. Sie bleibt stehen, diesmal blickt sie nicht in seine Richtung, sondern über ihn hinweg, scheinbar auf die Mietshäuser in der Ferne. Sie tritt zurück ins Zimmer, lässt das Fenster halb geöffnet.

Wut.

Eine befreiende, willkommene Wut, dieselbe, die ihn packt, wenn sie wortlos aufgelegt und seine Fragen nicht beantwortet hat, als existierte er nicht, wenn sie ihn ohnmächtig zurückließ. Er überquert die Straße, greift nach der Kette, zieht heftig. Die oben an dem Pfeiler hängende Glocke ertönt, silberhell, spöttisch. Ohne abzuwarten, zieht er ein zweites Mal.

– Es ist offen, sagt eine ruhige Stimme aus dem Haus, die Stimme von Anne.

Nein: eine Stimme *wie* die Annes.

Mit einem kaum wahrnehmbaren Unterton, den Annes Stimme nicht hatte. Etwas Gedämpftes, Tonloses.

Wartend steht sie in der Tür, am Ende der Stufen. Er geht über den Asphaltweg. Blickt zu ihr auf und sieht den Körper von Anne, diese Zartheit, diese ausgewogenen Proportionen, etwas, das sie größer erscheinen lässt, als sie ist. Auch die Körperhaltung ist die gleiche, die Frau lehnt am Türrahmen, die Hüfte leicht nach außen gebogen. Das Gesicht von Anne. Wieder gerät die Vernunft ins Wanken. Er muss sich an etwas festhalten, sofort, aber woran?

Ihre Augen. Blassgrau, wie die von Anne, aber eben nur »wie«. Ein noch blasseres Grau, verwaschen, fast weiß. Und vor allem unbelebt. Milchig, trotz der Helligkeit. Augen wie Nebel. Je näher er kommt, umso mehr fällt ihm auf, dass ihr Blick ihn noch immer nicht fixiert, sondern über ihn hinweggeht. Ihm wird klar, dass sie blind ist. Ein Schock, aber auch eine Erleichterung.

– Marie Fonseca?

– Ja, sagt sie. Sie sind Jean Latran. Ich erkenne Ihre Stimme wieder. Kommen Sie rein.

Sie tritt zurück. Gedankenleer, wie ein Automat, geht er hinein.

6

Der Raum, dan er betritt, erstreckt sich über das ganze Erdgeschoss. Eine Sitzbank und eine Trennwand teilen eine kleine Küche ab, eine kurze Treppe zur Rechten führt in den ersten Stock, der wahrscheinlich Schrägen hat. Den beiden Vorderfenstern gegenüber liegt eine breite Fensterfront, die in eine Veranda übergeht, dahinter ein mit Büschen und schönen Bäumen üppig bewachsener Garten. Ein überraschender Eindruck von Weite und Offenheit, im Gegensatz zur Straßenfront des Hauses, zusätzlich dadurch verstärkt, dass der gesamte Raum in Weiß gehalten ist, von den Fliesen bis zu den Möbeln: ein Sofa, Ledersessel, eine Kommode, zwei Tische, Holzstühle. Jede Zimmerecke, der obere Rand der Sitzmöbel, die Umrandung der Tische, das Treppengeländer sowie die Stufenränder sind mit einem schmalen schwarzen Streifen versehen, der das Weiß der Einrichtung nur noch stärker betont. In einem krassen Gegensatz dazu schreien zwei große Bilder an den Wänden ihre Farben heraus. Eines ist in Schattierungen von Rosa und Fuchsienrot gehalten, das andere in Blau- und Ockertönen. Es hat weniger Leuchtkraft, ist strenger im Ton. Auf beiden Bildern der feindliche Blick der Zwillingsflecken.

Reglos ist sie hinter ihm stehen geblieben. Jetzt schließt sie die Tür, macht ein paar Schritte ins Zimmer, ihre Hand streift im Vorbeigehen jeden schwarzen Streifen.

– Nehmen Sie Platz, sagt sie und zeigt auf einen Sessel.

Sie setzt sich in eine Ecke des Sofas, schlägt den Morgenmantel über den Beinen zusammen. Sie ist eine exakte Kopie von Anne, hochgewachsen und schlank wie sie. Eine Schwester? Er sucht nach einem Anzeichen für einen Altersunterschied, findet aber keines. Ihr Gesicht ist genau wie das von Anne, ein regelmäßiges Oval, von strenger Schönheit, doch es wirkt etwas glatter, weniger verschlossen und ausdrucksstark, es gleicht ihrer Stimme. Das lange schwarze Haar ist von ein paar Silberfäden durchzogen. Wie bei Anne. Raus aus diesem Trugbild. Wieder spürt er diese Wut.

– Sie bleiben lieber stehen? Sie sind größer, als ich Sie mir vorgestellt habe.

– Woher wollen Sie das wissen?

Er wollte nicht so brüsk sein. Ein kühles Lächeln vertieft eine schmale Falte in ihren Mundwinkeln.

– Ich bin nicht vollständig blind, falls Sie danach gefragt haben. Umrisse oder Kontraste kann ich halbwegs erkennen.

Sie streicht mit der Hand über die schwarze Linie auf der Sofalehne:

– Das war Annes Idee. Eine Orientierungshilfe. Sie war sehr nützlich, aber ich denke, inzwischen komme ich ohne sie aus.

– Diese Bilder …

– Sie kennen sie?

– Ich glaube nicht, sagt er. Sie hat mir nicht alles gezeigt. Wer sind Sie?

– Marie Fonseca.

– Danach habe ich nicht gefragt, das wissen Sie genau. Wer sind Sie … Wer waren Sie für Anne? Eine Schwester?

– Sieht man das nicht? Mehr als eine Schwester, ihre Zwillingsschwester …

– Ich wusste nicht …

– Das wundert mich nicht. Sie dürften nicht sehr viel über sie wissen, ich meine, über die gemeinsamen letzten Jahre hinaus. Drei Jahre, stimmt's?

Er nickt, sagt dann, als ihm klar wird, dass sie das zweifellos nicht sieht, laut:

– Ja, drei Jahre. In der Tat, ich weiß nichts über Annes vorheriges Leben, nichts über ihre Kindheit. Sie sprach nicht darüber, ich habe nicht nachgefragt.

– Warum?

Plötzlich lacht er auf.

– Entschuldigen Sie, sagt er. Ich dachte, ich bin gekommen, um Ihnen Fragen zu stellen!

– Ich werde sie alle beantworten. Aber sagen Sie mir zuerst eines. Warum waren Sie nicht neugierig auf die Vergangenheit der Frau, mit der Sie zusammenlebten?

Einen Moment lang verliert sich sein Blick auf den Bildern, die die Antwort kennen. Wie sollte er diese geheimnisvolle und kostbare Zerbrechlichkeit in Worte fassen? Und wie die Liebe?

– Ich war in ihrer Nähe, bin aber nicht in sie eingedrungen.

– Auch körperlich nicht?

– Ich habe mich klar ausgedrückt, sagt er trocken. Interessiert Sie das so?

– Mehr, als Sie glauben. Aber regen Sie sich nicht auf. Stets in ihrer Nähe, ja, genau das hat Anne über Sie gesagt: dass Sie sie beschützen würden. Sie sind ein guter Mensch. Anne liebte Sie. Liebte es, von ihnen geliebt zu werden. Aber …

– Aber?

– Aber das reichte nicht, oder?

– Nein. Das reichte nicht.

Einen Moment lang schweigen sie unter dem strengen Blick der Bilder. Draußen, vor der Fensterfront, hat sich eine schwarze Amsel mit gelbem Schnabel auf den Fliesenboden der Veranda vorgewagt. Sie hüpft aufgeregt hin und her, auf der Suche nach nicht vorhandenen Krümeln. Marie seufzt, zieht auf dem Sofa die Beine unter sich. Die Amsel fliegt davon.

– Keine Sorge, ich werde Ihnen alles sagen. Aber zuerst …

Sie zeigt in Richtung Küche:

– Könnten Sie uns einen Tee machen? Es sei denn, Sie mögen lieber Kaffee. Sie finden dort beides.

– Sie haben mich erwartet?

– Ja. Ich wusste, dass Sie kommen würden. Vielleicht nicht heute, aber ja, ich habe Sie erwartet.

– Warum haben Sie am Telefon nicht mit mir geredet? Warum die stummen Anrufe? Ich hätte Sie ignorieren, das Handy wegwerfen, es zumindest abschalten können. Oder ich hätte nicht gewusst, wie ich Sie finde!

– Ja, das ist wahr. Sie mussten schon wollen.
– Ich konnte nicht anders.
– Das hatte ich gehofft.

7

– Der Nachname von Anne ist … war Sorensen, sagt er in der Küche, wo er wartet, bis das Wasser kocht. Das war ihr Mädchenname, also auch Ihrer. Warum Fonseca? Ein Ehemann?

– Nein. Ich nahm den Namen meiner Mutter an, unserer Mutter, Anne behielt den des Vaters. Eine Art … – ein knappes, unterkühltes Lachen – geteilte Beute. Was die Vornamen betrifft … Man erwartete eine Anne-Marie, und wir waren zu zweit. Anne erblickte als Erste das Licht der Welt, ich bekam den Rest. Komisch, oder?

Er antwortet nicht. Die Arbeitsplatte ist weiß, auch sie ist mit einem schwarzen Streifen umrandet. Wenige Küchengeräte, alle in Reichweite, perfekt nebeneinander angeordnet oder aufgehängt. Auf einem Tablett eine Teekanne, zwei Tassen, eine Zuckerdose. Der Tee in einer Blechdose. Sich die Handgriffe eines Menschen vorstellen, der nur Umrisse sieht, das Gas abstellen, behutsam tastend das Wasser einschenken, ohne sich zu verbrühen …

– Sie waren schon immer …?

– Blind? Sie haben Angst vor Worten! Nein. Bis zum elften Lebensjahr konnte ich normal sehen.

– Was ist passiert? Eine Krankheit, ein Unfall?

Wieder das schneidende Lachen.

– Man könnte es so nennen. Kommen Sie zurecht? Mit dem Tee?

– Ich bringe ihn.

Er stellt das Tablett auf den niedrigen Tisch und setzt sich ihr gegenüber in einen der weißen Ledersessel. Die viel zu hellen Augen sind auf nichts gerichtet, der Blick verliert sich irgendwo. Schweigend wartet sie ab. Er hält seine Fragen zurück, schweigt ebenfalls, will sie zuerst reden lassen.

– Sie können eingießen, sagt sie schließlich, ich mag ihn nicht so stark.

Eine flache, ruhige Stimme, es klingt wie ein Befehl. Er ärgert sich, hört sich kühl antworten, ihm mache das nichts aus, füllt dann ihre Tasse. Der Duft von Bergamotte durchzieht den Raum.

– Zwei Stücke, bitte.

Er nimmt den Zucker, zögert kurz, rührt dann den Tee um und reicht ihr die Tasse. Aufmerksam beobachtet er die Hand, die sich vorsichtig nähert. Die Richtung stimmt, aber sie kann offenbar die Entfernung nicht einschätzen. Er schiebt sanft die Untertasse bis zu ihren Fingerspitzen, die sich nicht weiterbewegt haben. Sie bedankt sich und lehnt sich wieder gegen die Armstütze, ihre Bewegungen wirken jetzt sehr sicher, sie kostet den Tee mit spitzen Lippen. Er nimmt eine Tasse ohne Zucker, stülpt die Haube auf die Teekanne, die auf dem Tablett stand. Trinkt schweigend den Tee, in kleinen Schlucken.

Mit sicheren Bewegungen stellt sie ihre Tasse auf dem Tisch ab. Setzt sich gerade hin, zieht eine Schachtel Zigaretten aus der Tasche ihres Morgenmantels, bietet ihm eine an, er lehnt ab, sie zündet sich selbst eine an und lehnt sich auf dem Sofa zurück. Schweigend wartet er ab, sieht, wie sie den Rauch inhaliert. Anne rauchte nur selten.

Ganz unvermutet öffnet sich die Ateliertür. Er hebt den Blick. Aufgewühlt betritt sie die Bibliothek, so nennen sie das Zimmer, in dem sein Schreibtisch steht. Sie schaut ihn nicht an, sucht fieberhaft nach einer Zigarette, zündet sie an, wirft sich in einen Sessel. Ein paar linkische, hastige Züge, sie drückt die Zigarette im Aschenbecher aus. Allmählich kommt sie zur Ruhe, blickt ihn an. Sein Lächeln erwidert sie nicht, sie scheint ängstlich sein Gesicht zu erforschen, als fände sich dort eine Antwort. Er weiß nicht, worum es ihr geht, sagt nichts, lässt sie seine Zärtlichkeit stumm empfinden. Sie seufzt. Nach ein paar Minuten steht sie auf, nähert sich ihm, streift seine Wange, seine Schulter und geht hinaus. Er hört, wie die Ateliertür sich wieder schließt, sie arbeitet weiter. All das geschah schweigend, Worte wären überflüssig gewesen. Sie wollte ihre Staffelei nicht wirklich verlassen, nur eine Pause einlegen, die aufkeimende Angst beruhigen. Ein einziges Mal hat sie beim Hinausgehen leise etwas gesagt:

– Zum Glück habe ich dich!

Sein Leben, sein ganzes Leben für ein solches Geschenk.

Er sagt sich, dass »die hier« auf obszöne Weise raucht. Es erschreckt ihn, »die hier« gedacht zu haben, die »die andere« anruft. Wieder diese unbestimmte Wut auf sich selbst, auf sie: Er muss das Bindeglied zwischen Anne und Marie zerstören.

– Sie mögen mich nicht, stimmt's?, fragt sie mit einem amüsierten Gesichtsausdruck.

Er möchte gelassen antworten: Diese Frage ist sinnlos, ich kenne Sie nicht und sehe nicht, warum ich Sie mögen oder verachten sollte! Gern würde er sich ungezwungen, locker oder auch unterkühlt geben. Stattdessen sagt er:

– Nein! Nein, ich mag Sie nicht.

– Das ist normal.

Sie drückt bedächtig die Zigarette im Aschenbecher aus.

– »Mögen«, fährt sie fort, das sagt man zu einer guten Soße …

Mit einem verlorenen Blick scheint sie sich an das stumme Bild an der Wand ihr gegenüber zu wenden.

– Was wollen Sie damit sagen?

– Nun gut, zum Beispiel das Verhältnis zwischen Anne und mir. Mochten wir uns? Ebenso gut könnte ich sagen, wir hassten uns, und zwar leidenschaftlich. Wir waren … aneinander gefesselt. Fest miteinander verbunden, verschweißt. Vielleicht lässt sich unser beider Leben so zusammenfassen: Jede versuchte, sich von der anderen loszureißen.

– Selbst in den letzten Jahren?

Sie bemüht sich sichtlich, ihren Blick von dem Bild zu lösen und sich ihm zuzuwenden.

– Besonders in den letzten Jahren.

– Kam Anne Sie besuchen?

– Oft. Vor allem nachts. Gegen ihren eigenen Willen. Als zöge ein Magnet sie an. Interessant, dass Sie nichts davon wussten, finden Sie nicht?

– Ich wusste, dass sie manchmal nachts ausging, wenn sie Probleme mit ihrer Malerei hatte. Sie brauchte frische Luft, das Herumlaufen in der Stadt. Ich habe sie nie gefragt, wohin sie ging.

– Waren Sie gar nicht um sie besorgt?

– Doch, sagt er ein wenig zögerlich. Paris ist keine gefährliche Stadt, aber eine Frau allein in den menschenleeren Straßen, um drei Uhr morgens ... Doch, ich habe oft darüber nachgedacht, aber es war ihr ... so wichtig, dass ich nicht auf die Idee gekommen bin, mich dem entgegenzustellen. Mit welchem Recht?

– Das habe ich nicht gemeint. Haben Sie nie befürchtet, dass sie zum Beispiel ... einen Liebhaber aufsucht?

Er hasst sie für diese Frage. Manchmal hat er so einen Gedanken – den Anflug eines Gedankens – gehabt und ihn sofort wieder verworfen.

– Nein, sagt er knapp.

Sie schweigt wieder. Denkt sie nach? Ihre Augen starren ins Nirgendwo, verlieren sich im Nebel. Normalerweise weiß man, dass bei einer gewissen Konzentration des Blickes, der einen Gegenstand der äußeren Welt als Stütze sucht, im Inneren ein Gedanke zu keimen beginnt, den es auszuformulieren gilt. Nichts davon bei ihr. Steht derselbe Nebel auch hinter ihrer Stirn? Mit der vagen Absicht, sie zu verletzen, vor allem aber, um das

Unbehagen zu vertreiben, das entsteht, weil ihr Gesicht ihm keine Anhaltspunkte gibt, fügt er hinzu:

– Ich bin nicht hier, um mit Ihnen über meinen Seelenzustand zu reden, sondern weil Sie mich angerufen haben. Ziemlich hinterhältig, diese wortlosen Telefonate. Sie schulden mir eine Erklärung.

– Stimmt. Und ich sage alles, was Sie wissen möchten, glauben Sie mir. Aber nicht heute, Sie sind viel zu feindselig.

Sie steht auf, zieht den Morgenmantel fester um sich. Wie Anne, wenn sie fror.

– Kommen Sie wieder, wenn Sie … sich beruhigt haben. Schon jetzt haben Sie eine ganze Menge erfahren. Wie fühlt sich das an, eine zweite Anne zu entdecken?

– Sie sind keine zweite Anne, sagt er brüsk und steht ebenfalls auf. Sie sind völlig anders, trotz der äußerlichen Ähnlichkeit. Und ich bin mir nicht sicher, ob ich Sie näher kennenlernen möchte.

– Das müssen Sie wissen. Sie kennen ja inzwischen den Weg.

Wieder das knappe, tonlose Lachen.

– Sie werden mich immer antreffen, ich gehe fast nie aus!

Er zögert kurz. Sie hat recht: In ihm brodelt eine diffuse Wut, die ihm unverständlich ist. Wortlos geht er hinaus. Der Gartenweg, das Eisentor, das er hinter sich zuzieht und das beim Schließen laut widerhallt, die menschenleere Sackgasse. Er dreht sich nicht um, aber er spürt, er weiß, dass sie zusieht, wie er davon geht.

Zusehen?

8

Er hat gezögert, wieder die Metro zu nehmen, zu viel Lärm, zu viele Menschen. Als ein Taxi vorbeifuhr, hat er halbherzig den Arm gehoben und gleich wieder sinken lassen: Er brauchte Zeit, Muße. Das Wetter ist schön, eine heitere Frühlingssonne, warum nicht zu Fuß gehen? Eine halbe oder dreiviertel Stunde spazieren gehen, er wird spätestens um elf im Büro eintreffen, Éva wird noch nicht beunruhigt sein. Er ist erstaunt: Bis jetzt hat er sich nie darum gekümmert, ob Éva sich Sorgen machen könnte; aus unterschiedlichen Gründen ist es oft vorgekommen, dass er spät oder auch gar nicht im Büro erschienen ist, ohne dass ihm dieser Gedanke gekommen wäre.

An der Seine folgt er der Uferpromenade. Der Rhythmus seiner Schritte, ruhig und gleichmäßig, müsste doch die geistige Verwirrung beruhigen, Ordnung schaffen und ihn wieder zur Vernunft kommen lassen. Im Moment ist nichts als Nebel und Unruhe in seinem Kopf, und das Aufblitzen dieser Wut, von der er nicht weiß, gegen wen sie sich richtet. Er bleibt in dem kleinen Park am Quai Saint-Bernard stehen, setzt sich auf die oberste Stufe einer Treppe, die zur Seine hinunterführt. Unter ihm plätschert Wasser, leckt an dem grauen Stein, der einen Moment im Sonnenschein aufleuchtet und rasch wieder matter wird. Das Wasser kehrt zurück, der Stein glänzt erneut für ein paar Sekunden. Ein von seiner Mutter ängstlich bewachtes Kind wirft unbeholfen kleine Holzstücke ins Wasser, die sich kurz im Kreis drehen, dann mit dem Strom forttreiben. Das nie zuvor wahrgenommene Leben des Flusses, seine Hartnäckigkeit, sein Auf und Ab ... Wie lange müssen die Dinge sichtbar sein, bis man sie wahrnimmt? Wie viel übersieht man, das einem ins Auge springen müsste?

Ins Auge springen ... Die Worte holen uns irgendwann ein und verhöhnen uns unbarmherzig.

Er steht auf. Leichte Schmerzen in den Beinen, den Knien, im Rücken. Seinen Körper hat er auch zu lange ignoriert. Ich bin fünfundvierzig, denkt er.

Und wenn er mit jemandem spräche? Mit Éva vielleicht? Es würde ihm guttun, sich reden zu hören und auf diese Weise zu verstehen, was er eigentlich denkt, oder vielmehr: es durch einen anderen bestätigt zu finden, sich wieder zu spüren. Warum eigentlich mit einer Frau? – Woher nimmt er diese Gewissheit? Unschuldige Worte in der Wahrnehmung einer Frau, die sie zum ersten Mal hört und von ihnen überrascht wird. Noch einmal möchte er über Annes Schulter gebeugt lesen, was er gerade geschrieben hat. Gelesen werden. Entziffert werden. Dieses Durcheinander unzusammenhängender Ideen, das ihm Angst macht, würde von jemandem gehört und übersetzt werden – dann verwandelte es sich in Zeichen, in eine fremde Sprache – und sie – warum nur muss es eine Sie sein? – sie verstünde diese Sprache, denkt er, und gäbe sie mir zurück. Ich hätte nicht gedacht, dass diese Sprache, die ich stammelte, auch für mich einen Sinn ergeben könnte. Und mit einem Mal löste sich dieses Entsetzen auf, allein mit dem Unbekannten zu sein, allein in der Dunkelheit, als erwachte ich aus einem bösen Traum. Um sehen zu können, muss man durch die Augen eines anderen blicken.

Wieder die Augen.

Wache, glänzende Augen, durch die das Leben, die Neugier oder die Liebe pulst. Maries Augen – auch die auf Annes Bildern – sind leblos, trübe Spiegel, sie können ihm nicht helfen. Er geht weiter, beschleunigt den Schritt.

Sie haben erneut das kleine Restaurant besucht. Éva stellt keine Fragen, sie wartet geduldig, bis er langsam die richtigen Worte findet. Beide rühren ihr Essen kaum an. Die Tante regt sich kurz darüber auf, aber Éva legt ihr sanft eine Hand auf den Arm, und sie geht wieder. Er erzählt weiter. Er braucht lange, ehe er mit seinem Bericht beginnt, hält manchmal inne, um sein Gedächtnis zu befragen, will nichts auslassen, er wiederholt sich oft. Stück für Stück legt er ihr alles dar, sie hört zu, nimmt es in sich auf. Ruhiger, konzentrierter, nachdenklicher Widerschein des Blickes, der auf ihm ruht. Als er fertig ist, hat sich das Restaurant bereits geleert, der lesende Mann – war es noch dasselbe Buch? – ist fort, die Tante hat den Tisch abgeräumt und Kaffee gebracht, ohne dass sie welchen bestellt hätten. Stille. Er sieht Éva an, wartet.

– Sie werden wieder hingehen, sagt sie schließlich.

Das ist keine Frage, sondern eine Feststellung.

– Ich habe mich dies selbst gefragt. Ohne Ergebnis. Ja, bestimmt. Ganz sicher. Was sollte ich sonst tun?

– Warum?

– Ich muss einfach mehr wissen, muss begreifen, was zwischen den beiden vorgegangen ist, warum Anne sie besucht und mir nichts davon gesagt hat. Und warum sie mir sogar die Existenz ihrer Zwillingsschwester verschwiegen hat.

– Diese Fragen richten sich an Anne, nicht an Marie.

– Stimmt, aber ... Anne ... Es ist zu spät.

Einen Moment lang sind beide still. Sie sollte verschweigen, was sich von selbst in ihr auszuformulieren beginnt. Aber sie kann nicht.

– Die Augen, sagt sie sanft. Auf den Bildern von Anne. Es sind blinde Augen, die Sie wieder schließen wollen.

Ein brutaler, notwendiger Satz. Plötzlich hat sie Angst, Angst vor dem, was sie gerade gesagt hat, ohne recht zu wissen, warum, Angst, dass er es nicht hinnehmen wird. Am liebsten würde sie eine Hand auf seine legen, die sich auf dem Tisch zusammenballt, es ist nicht der richtige Zeitpunkt, sie hält sich zurück. Er verharrt reglos, wie gebannt von dem, was sie soeben gesagt hat.

– Kein Zweifel, Sie haben recht, sagt er schließlich. Das ist es, nur das.

Achselzuckend wiederholt er »nur das«, ein bisschen spöttisch, ein bisschen wie ein kurzes, trauriges Auflachen. Oder wie ein unterdrücktes Schluchzen. Die Hand auf dem Tisch entkrampft sich.

Sie merkt, dass sie den Atem angehalten hat.

– Den Drang, diese Fragen beantwortet zu sehen, hatten Sie nicht, solange Anne lebte.

– Stimmt. Da war etwas … woran man nicht rühren durfte. Ich wusste nicht, warum, aber ich war mir sicher.

– Und jetzt?

– Jetzt …

Eine Woge innerer Auflehnung. Gegen wen?

– Ich muss es wissen. Da war diese große, unerreichbare dunkle Zone in ihr, die sie umgebracht hat, ich fühle es. Und diese Frau, Marie, war daran beteiligt. Sie muss offen mit mir reden.

Jetzt legt sie ihre Hand auf seine. Er nimmt es hin, scheint es nicht zu bemerken.

– Ja, das ist jetzt zweifellos notwendig. Aber Sie sollten wissen, wonach Sie suchen, und warum. Andernfalls …

– Andernfalls?

– Da steckt etwas Dunkles, Bedrohliches … hinter dieser ganzen Geschichte. Ich weiß nicht, was es ist, aber diese Frau macht mir Angst.

– Mir auch, sagt er.

Sie sind ins Büro zurückgekehrt, haben sich am späten Nachmittag voneinander verabschiedet. Ihm wäre es lieber gewesen, sie wäre bei ihm geblieben, hätte den Abend, die einbrechende Nacht mit ihm verbracht. Ihm sind Sätze eingefallen, die er unterdrückt hat. Auf dem Heimweg ist er einen Augenblick auf der Brücke stehen geblieben, dort, wo er das letzte Mal so lange gezögert hat. Erst vorgestern, es kommt ihm vor, als wäre es sehr viel länger her. Auf der belebten Uferspitze liegt noch das Abendlicht. Ein Frachtkahn fährt langsam die Seine aufwärts, er blickt ihm nach, bis er hinter der Île de la Cité verschwindet, geht weiter, lässt schweren Herzens seine Hand über das kalte Gestein der Brüstung gleiten.

9

Ein leichtes Abendessen in einem kleinen Restaurant, im Erdgeschoss seines Hauses, einer vertrauten Umgebung. Knapp erwidert er den Gruß des Besitzers. Lieber wäre er irgendwo anonym geblieben, unbemerkt in eine fremde Welt eingetaucht, nur ein Gast auf der Durchreise, der seine Beobachtungen macht, geht und sofort wieder vergessen wird. Er kehrt in seine Wohnung zurück, geht ziellos hin und her, sieht nicht fern, obwohl es bequem wäre. Lange steht er vor dem CD-Stapel, der sich neben der Anlage türmt, sucht eine Sonate von Liszt heraus. »Geschrieben nach der Lektüre von Dante«, heißt es im Booklet. Er lehnt sich in einem Sessel zurück, schließt die Augen.

Unter den Fingern von Barenboim erklingt in der erhabenen Ouvertüre eine Folge von Sechzehntelnoten. *Voi ch'intrate* … Er will aufstehen und die Musik abstellen, überlegt es sich anders, überlässt sich den langen, leidenschaftlichen Melodiebögen.

Die Musik, besonders das Klavier, hat die gewohnte Wirkung: Das Denken tritt in den Hintergrund. Dafür tauchen Bilder auf, kommen in Bewegung, ohne dass er sich dessen wirklich bewusst wäre. Die Gedanken erlangen eine Art Unschuld, indem sie in das Flechtwerk der Töne gleiten, als wären sie dort entstanden.

Anne arbeitete im Atelier. Hörte sie die Musik durch die geschlossene Tür? Sie haben nie darüber geredet. Vieles zwischen ihnen blieb unausgesprochen. Er hatte geglaubt, auf diese Weise zu ihr zu gelangen, auf ein unberührtes Terrain, wo sie Seite an Seite träumen könnten.

Nur sehr selten haben sie sich leidenschaftlich körperlich begehrt. Es war kein Verlust, keine Enttäuschung. Wenn sie sich liebten, dann sehr zärtlich. In ihr, tief im Inneren ihres Körpers verborgen, schlummerte diese Angst, die stets kurz vor dem Ausbruch stand und sie erstarren ließ, wenn der Sturm in ihr hätte losbrechen können. Es war vom ersten Abend an gegenwärtig, und von da an achtete er darauf, sie nicht zu erschrecken, ohne dass es ihm schwerfiel, im Gegenteil, es machte ihn glücklich, ihr Sicherheit zu geben. Er nahm sie zärtlich, als würde er sie in den Armen wiegen. Ihm war bewusst, dass sie ihn deswegen liebte, wegen dieser Art der Zuwendung. Wegen der Möglichkeit zarter Hingabe, frei von jeder Bedrohung.

Dass er nicht versuchte, dieser Bedrohung ins Antlitz zu sehen, nicht einmal daran dachte, sondern sich damit begnügte, eine Grenze zu berühren, die er leicht hätte überwinden können, war von Anfang an ihre stillschweigende Übereinkunft. Er hatte Frauen gekannt – wie jene, die ihn kurz vor seiner Begegnung mit Anne verlassen hatte –, die ihn baten, nicht davor zurückzuschrecken, sie zu bedrängen. Er sollte wecken, was in ihnen schlummerte, und es triumphieren lassen. Das war nahe am Erschrecken, aber an einem Erschrecken, das danach verlangte, erkannt und entfacht zu werden. Er hatte es geliebt, sich daran erfreut, mit ihnen die überschäumende Lust geteilt und das Zusammensacken gestrandeter, noch ineinander verschlungener Körper, glückliche Schiffbrüchige an einem Gestade, gegen das noch die Brandung schlägt, während es langsam in der Nacht versinkt. Mit Anne war es nie so gewesen.

Heute Abend, nur heute Abend, lässt er es zu, dass diese Gedanken an die Oberfläche dringen, ausgelöst durch Liszt, dessen Tonfolgen in schwindelerregende Höhen hinauf- und langsam und heiter wieder hinabsteigen. Wen hat er geliebt, wen verloren?

Sie tritt in das von Musik erfüllte Zimmer, setzt sich, nimmt nur kurz Platz auf der Armlehne des Sessels neben ihm. Immer nur ein paar Augenblicke, dann geht sie. Stets verschwindet sie gleich wieder, immer diese Flüchtigkeit.

Er betrachtet seine Hände, denkt an die Leere, die ihre Kreativität erstickt hat. Sie trug ein Geheimnis in sich, darin war sie Frau, vielleicht mehr als andere, in dieser tiefverwurzelten Verwirrung, in diesem Gefühlschaos, aus dem ihre Malerei erwuchs. Er glaubte, dass sie selbst nichts von diesem Geheimnis, der Ursache ihres Schmerzes, wusste – aber dass es in ihren Bildern nach Form und Gestaltung verlangte, eine Forderung, der sie sich ständig verweigerte. Dass ihr ganzes Selbst, dieses so zerbrechliche Selbst, unaufhörlich versuchte, Ruhe und Stabilität zu finden in Linien und Farben, die nur so zu sein schienen, wie sie sein sollten. Dass der doppelte weiße Fleck, der wie unter Zwang auf jedem ihrer Bilder auftauchte, ein aus weiter Ferne kommender Ruf war, wie das Leitmotiv, das in Liszts Sonate unablässig hier oder da auftaucht, unzähmbar, eine diffuse, quälende Frage, die sich nie präzisieren lässt.

Das dachte, fühlte und glaubte er. Aber der Tod hatte alles zum Stillstand gebracht. Durch einen entschiedenen Akt hatte sie die Ruhe gefunden, die sie schon immer suchte. Und die Flecken, die auf ihrem letzten Bild fehlten, diese Räume des Schmerzes, die nach Leben schrien, pochten und vielleicht sogar eine zarte Hoffnung in sich trugen, sind, als sie verschwanden, endgültig zu dem geworden, was sie – unbewusst – schon immer waren: ein leerer Blick. Blinde Augen.

Da ist der Tod, und da ist Marie, dieses undenkbare Double, dort in dem kleinen Haus in der Sackgasse. Sie lebt. Lebt? Was für ein leeres Leben, eine *Larvenexistenz*? Wieder wird er von Wut gepackt, einer unbegreiflichen, erschreckenden Wut. Abrupt steht er auf. Er sollte die Musik abstellen, in ruhigeres Fahrwasser zurückkehren …

In dem großen Zimmer, von Stille und Dunkelheit erfüllt, plötzlich das Klingeln des Telefons. Er blickt auf die Uhr: fast elf. Marie wird es nicht sein. Es ist auch nicht Annes Handy, sondern der Festnetzanschluss. Er nimmt ab.

– Ich weiß, es ist spät, sagt Éva. Entschuldigen Sie.

Aber ich habe mich gefragt, wie es Ihnen geht, wenn Sie … Ach, ich mache mich lächerlich!

– Nein, sagt er. Ich freue mich, dass Sie anrufen. Ich habe Musik gehört. Und gehe gleich schlafen. Mögen Sie Liszt?

– Nein!

– Das duldet keinen Widerspruch!

– Stimmt. Ich habe früher Klavier gespielt. Liszt, Chopin, Skrjabin, mein Lehrer kannte nur sie, *Etüden*, ohne Ende. Ich habe zu viele Stunden damit verbracht. Zu viele Noten, zu viel Gefühl, von allem zu viel, ich hasse sie!

Er lacht.

– So erregt kenne ich Sie gar nicht! Danke für Ihren Anruf. Schlafen Sie gut.

– Sie auch. Ach, sagen Sie …

– Ja?

Sie zögert kurz.

– Werden Sie … Werden Sie morgen hingehen?

Er fragt nicht, wohin.

– Ich weiß nicht, sagt er. Ich weiß es wirklich nicht.

– Ich muss ständig daran denken. Entschuldigen Sie bitte.

– Warum? Im Gegenteil, vielen Dank! Gute Nacht, Éva.

– Gute Nacht …

Er legt auf. Ja, er wird schlafen gehen. Wird er erneut das Haus in der Sackgasse aufsuchen? Morgen wird man weitersehen. Beim Gedanken an Liszt, Chopin und Skrjabin muss er lächeln.

10

Woher kommt nur die Vorstellung, dass die Nacht Rat bringt? Unsicherheiten, quälende Gedanken scheinen im Schlaf zu verschwinden, falls sie einen nicht daran hindern, aber am nächsten Morgen stellen sie sich unverändert und noch niederschmetternder wieder ein, nach einer scheinbar sorglosen und unbeschwerten Zeit. Man verlässt diese Welt für andere, fröhliche oder schreckliche Welten, der Tod hat sein Werk dort noch nicht vollbracht, vielleicht hat er kein Aufenthaltsrecht, aber der für einen Moment ausgesetzte Lauf der Zeit lauert schon, erwartet einen, unerbittlich, unausweichlich. Ihm scheint, dass Anne in der letzten Nacht da war, in seinen Träumen, aber es bleibt nur eine flüchtige Erinnerung, wie der zarte Duft eines Parfums, der noch in einem eben erst verlassenen Zimmer hängt, und dieses schwache Gefühl verflüchtigt sich, löst sich auf. Am liebsten würde er in diesem Morgennebel verharren, in dem die Gedanken noch schlummern, und während er zusieht, wie der Kaffee durchläuft, unterdrückt er die Frage, mit der er gestern eingeschlafen ist.

Die Alchemie der Nacht hat eine Spur hinterlassen. Er weiß nicht, woher, aber etwas, das ihm am Vorabend nicht einfallen wollte, ist wieder da, jetzt klar und deutlich: der Nachname Fonseca, der ihm vage vertraut vorgekommen war ... Anne hat ihn ausgesprochen, er erinnert sich jetzt genau.

– Ist Sorensen ein schwedischer Name?, hatte er gefragt, als er die Signatur am unteren Rand eines Bildes sah.

– Ein norwegischer.

Mit den Fingerspitzen berührte er ihr langes schwarzes Haar.

– Ich dachte, alle Norweger sind blond.

Sie lachte kurz auf.

– Falsch! Aber in meinem Fall ist es wohl mein andalusisches Erbe.

– Andalusisch?

– Meine Mutter war eine Fonseca, ihre Familie stammte aus Sevilla.

Mehr hatte sie nicht gesagt, sie sprach nie über ihre Eltern oder ihre Kindheit. Instinktiv respektierte er ihre Zurückhaltung. Es fiel ihm nicht schwer. Für ihn zählte allein ihre Gegenwart, das Wunder, dass ihre abendliche Begegnung sich jeden Tag aufs Neue wiederholte. Aber der Tod hatte die Zeit wieder in Gang gesetzt.

Wie jeden Morgen rasiert er sich, duscht, routinierte Handlungen, die den Gedanken freien Lauf lassen. Eine schwierige Frage beschäftigt ihn wider Willen: Wird er Marie nachher besuchen? Morgen? Noch später? Oder vielleicht gar nicht? Er wundert sich: Und wenn es nur an mir läge ... Festgehalten und bezwungen von demselben Bann, der ihn daran gehindert hat, das Handy wegzuwerfen. Gequält von der immer gleichen, ohnmächtigen Wut.

Er zieht sich an, ohne sich von dieser Unsicherheit befreien zu können, und tritt auf den Balkon. Die Stadt erwacht, scheint erfrischt von der Nacht. Am wolkenlosen Himmel kreisen ein paar Flugzeuge, hinterlassen Kondensstreifen, die sich kreuzen, ausdehnen, sich schließlich auflösen. Manche müssen einen langen Nachtflug hinter sich haben, unausgeschlafene Passagiere werden sich in diesem Moment strecken. Andere sind gerade gestartet, wie jenes Flugzeug da oben, das südwärts zieht, vielleicht in Richtung Afrika? In diesem kleinen, in der Morgensonne funkelnden Punkt befinden sich Männer, Frauen, Kinder, die in ihr Heimatland fliegen, nach Hause, zu ihren Freunden. Oder sich davon entfernen und in fremde Städte reisen. Erwartungen, Hoffnungen, Befürchtungen, glückliche oder traurige Empfindungen, Menschen, jeder im Mittelpunkt seiner eigenen Welt, ein winziger Kosmos in diesem flimmernden Punkt dort oben …

Abrupt geht er wieder hinein, sucht sein Notizbuch, wählt Évas Privatnummer, hält kurz inne, bevor er die letzte Ziffer tippt, tut es. Die Stimme, die fast sofort antwortet, wirkt ausgeruht und klar.

– Rufe ich zu früh an?

– Überhaupt nicht, sagt sie. Ich wollte gerade hinuntergehen.

– Was halten Sie bei dem schönen Wetter von einem Frühstück draußen in einem Café?

Begeistert stimmt sie zu. Sie einigen sich darauf, sich

in einer halben Stunde am Boulevard Saint-Germain zu treffen. Glücklich, erleichtert, wie befreit legt er auf. Als er gerade die Wohnung verlassen will, meint er, das Handy vibriere, das er auf dem Schreibtisch liegen gelassen hat. Er hört genauer hin: Nein, es ist nicht *Für Elise*. Er zuckt die Achseln, verriegelt die Tür und geht mit einer Lebhaftigkeit die Treppe hinunter, die er an sich nicht mehr kannte. Auf der Straße ist es angenehm, er geht sehr schnell.

Schlanke Figur, leichtes Kleid, Éva erwartet ihn vor der Kirche, schon von Weitem winkt sie ihm zu. Ihr die Hand zu schütteln, wäre unangebracht. Er nimmt ihren Arm, zieht sie mit, und sie begleitet ihn lächelnd, wie ein glückliches Kind.

Er ist überrascht, wie fröhlich er über alles und nichts plaudert. Ihr Lachen tut ihm gut, er sucht und findet es in ihren veilchenblauen Augen. Wie großzügig sie es ihm schenkt. Wie lange arbeiten wir schon zusammen?, fragt er. Vier Jahre. Tatsächlich, schon vier Jahre! Das wundert ihn. Und vorher, wo waren Sie vorher, fragt er, was haben Sie gemacht? Sie erzählt von einer normalen Kindheit in der Provinz, ja, sie ist ein Einzelkind. Ihr Vater ist gestorben, als sie sechs war, ein Arbeitsunfall. Er war Bauarbeiter, sie erinnert sich kaum an ihn.

– Manchmal spreche ich seinen Vornamen vor mich hin, sagt sie. Ein eher seltener Vorname, Waldeck, seine Familie war polnisch, wie übrigens auch die meiner Mutter. Nach Frankreich eingewandert, als er gerade drei war. Kennen Sie meinen Nachnamen?

– Selbstverständlich, sagt er. Niesle. Ein schöner Name, aber selten: Éva Niesle. Ich weiß nie, wie ich ihn aussprechen soll.

Sie lacht.

– Nur für Sie, und versuchen Sie nicht, es zu wiederholen, das schafft niemand: Niesluchowski. Ein polnisch-jüdischer Name, verkürzt, französisiert, um sich zu assimilieren. Und um der Verfolgung durch die Nazis zu entgehen, glaube ich.

Für einen Augenblick verliert sie sich in Erinnerungen.

– Ja. Waldeck … Manchmal spreche ich seinen Namen laut aus, lausche, als könnte er Bilder aufsteigen lassen, aber nein. Bruchstücke vielleicht, mehr nicht …

Nach dem Tod ihrer Mutter ist sie nach Paris gegangen, mit fünfzehn. Später hat sie hier ihr Literaturstudium abgeschlossen. Tante Emma hat sich um sie gekümmert. Kurz erwähnt sie das Zusammenleben mit einem Mann, den sie geliebt hat. Er erinnert sich an ihre Worte: »Auch ich habe jemanden verloren …«

– Dann kam dieses Praktikum, eine große Chance, und ein Jahr später bin ich dank Ihnen fest eingestellt worden.

– Dank mir?

– Sie haben eine positive Beurteilung geschrieben und verlangt, dass ich als Ihre Sekretärin eingesetzt werde. Erinnern Sie sich nicht mehr?

– Aber ja …

Natürlich erinnert er sich. Und doch, sie musste darüber reden, es ihm wieder vor Augen führen. Sie redet, und eine Art Nebel lichtet sich, die Dinge, die Leute, selbst die Erinnerungen werden wieder klar und deutlich.

Wie alt mag sie sein? Anhand dessen, was sie gerade erzählt hat, versucht er nachzurechnen, lässt es rasch bleiben, betrachtet ihr Gesicht. Als würde er sie mit den Fingerspitzen streicheln, läuft sein Blick über eine Wange, über die zarte Haut unter den Augen, über die sehr schmale Falte an ihrem Mundwinkel, die kaum sichtbare Wunde eines weit zurückliegenden Schmerzes, die er am liebsten glätten würde. Dann sieht er ihr leicht erstauntes Lächeln und erwacht verwirrt aus seiner Träumerei.

– Sie sind jung, sagt er.

– Das ist relativ! Ich werde dreißig. Und ich habe viel erlebt, fügt sie lachend hinzu.

Er ist nur für einen Augenblick geistesabwesend. Auf dem Platz vertreibt eine Reinigungsmaschine eine Schar Tauben, die geräuschvoll auffliegt. Am Himmel ein paar wie auf eine Leinwand geworfene Pinselstriche.

Sieh nur, sagt Anne, wenn ich das einfangen könnte! Sie bildet die Bewegung kurz aus dem Handgelenk nach. Er ist erstaunt: Das entspricht überhaupt nicht deinem Stil! Sie blickt ihn an, ihre blassgrauen Augen verlieren sich noch weiter in der Ferne. Da ist so vieles, sagt sie, das ich nie werde tun können …

Nie werde tun können … Ein Futur, und doch schon Vergangenheit. Das hat er damals nicht verstanden.

An seinem Arm spürt er Évas leichte Berührung, er betrachtet ihre Hand, blickt in ihr Gesicht, sieht ihr Lächeln, es fällt ihm schwer, sich daran zu gewöhnen. Sie fragt nicht, wo er in Gedanken gewesen ist, sondern wartet geduldig. Der Taubenschwarm lässt sich erneut auf dem Pflaster vor der Kirche nieder, die Fußgänger, die Autos sind wieder in Bewegung.

– Die Tauben, sagt er. Wenn Sie wüssten, was die für einen Krach machen, wenn sie bei mir übers Dach laufen!

Sie lacht.

– Komisch, bei mir auch. Aber ich mag sie!

11

Am nächsten Tag ist er mittags noch nicht im Büro erschienen. Er hat auch niemanden über seine Abwesenheit benachrichtigt. Éva hat seinen Terminkalender überprüft, in ihrem Gedächtnis nach einem Treffen geforscht, einer Vernissage, einer Veranstaltung, der Signierstunde eines Autors, ohne wirklich daran zu glauben. Und natürlich erfolglos. Gegen zwei Uhr hat sie bei ihm angerufen, lange dem Klingeln gelauscht, das an einem ihr unbekannten Ort widerhallt, den sie sich weiträumig und leer vorstellt. Dann erinnert sie sich an Maries aufdringliche Anrufe und legt schnell auf. Trotzdem hat sie es am Nachmittag noch einmal probiert, wieder ohne Ergebnis.

Gestern, das war ein schöner Tag gewesen. Nach dem Frühstück im Sonnenschein, bei dem sie über ihren geringen Arbeitseifer gescherzt hatten, kamen sie erst am späten Vormittag ins Büro. Er widmete sich sofort dem Stapel liegengebliebener Post, und sie half ihm dabei, als er sie darum bat. Später zog sie sich diskret zurück, sie wusste, dass er das braucht. Als sie nach einer dieser Stippvisiten wieder aus dem Zimmer ging und die Tür, die er stets halb geöffnet ließ, hinter sich zuzog, begegnete sie seinem Blick und glaubte, darin ein Lächeln zu sehen. Ein nachdenkliches und etwas trauriges Lächeln, aber ein Lächeln. Sofort wandte sie sich um.

Er hat sie wieder besucht, sie weiß es. Warum ist er noch nicht zurück? Ist er noch bei ihr? Hat sie ihm so viel Neues zu erzählen? Oder läuft er in diesem Moment gedankenverloren durch die Straßen? Wahrscheinlich genau das, er muss nachdenken ... Sie fühlt sich ohnmächtig. Sie hat Angst. Diese Frau hat einen Namen, aber sie sieht kein Gesicht vor sich, auch keinen Körper, nur eine Art bedrohliches Weiß am Horizont.

Inzwischen ist es spät geworden, die anderen Kollegen sind bereits vor einiger Zeit gegangen, sie kann nur warten. Sie steht auf, ordnet ihren Schreibtisch, noch ein paar Minuten ... Sie zieht ihre Jacke an, geht durch die leeren Flure. Draußen auf der Straße wartet sie einen Moment auf dem Bürgersteig, zögert, geht dann zur Seine hinunter, überquert die Uferpromenade und betritt den Pont du Carrousel. Hier ist er mehrfach stehen geblieben, bevor er sich aus dem Bann befreien konnte, der ihn immer wieder zurückzog. Sie sieht förmlich, wie er von dürren, begierigen Händen zurückgehalten wird. Die Ellbogen auf der Brüstung, blickt sie gedankenverloren auf den Fluss. Sie weiß, dass sie zwei Frauen miteinander verwechselt, jene, die tot ist, und jene, die lebt und ihn heute an sich bindet. Sie weiß es, kann aber diese Vorstellung nicht zurückdrängen. Sie denkt an Maries Hartnäckigkeit, an ihre beharrlichen Anrufe, bis Jean sie schließlich fand und aufsuchte.

Auch sie hat damals immer wieder bei ihm angerufen, obwohl er nicht mehr antworten wollte. Sie hatte keine Hoffnung mehr, konnte aber nicht anders. Ließ es ein-, zwei-, drei-, viermal klingeln, dann der Anrufbeantworter. Seine Stimme, die sie liebte, die Wärme seiner Stimme, diese Zärtlichkeit, die nicht nur ihr galt, aber die sie zurückzugewinnen versuchte und die sie begierig, verzweifelt in sich aufsog, bis nur noch das klanglose Knistern in der Leitung zu hören war. Dann war auch der Anrufbeantworter abgestellt worden, aber sie machte weiter, konnte sich nicht von diesem Klingeln losreißen, das unermüdlich am anderen Ende ertönte. Vielleicht hörte er sie trotzdem, vielleicht war sie auf diese verabscheuungswürdige Weise doch gegenwärtig. Ein paar Tage später dann eine automatische, kalte, schicksalhafte Stimme: »Kein Anschluss unter dieser Nummer.« Schließlich gab sie auf.

War nicht auch sie für ihn eine Tote, aber eine Tote, die sich festklammert, die ihre Beute nicht loslässt und sie mit sich fortzureißen versucht? Der es beinahe gelungen wäre …

Sie geht weiter. Unentschlossen überquert sie die Brücke, geht zur anderen Flussseite hinab, wohin sie sich fast nie vorwagt, in fremdes Land, exotisch, aber kalt. Zur einen Seite der Louvre, zu groß und zu massiv. Zur anderen die Tuilerien, aus denen die Wärter mit schrillen Pfiffen die letzten Spaziergänger vertreiben. In ein paar Minuten würden die Parkanlagen menschenleer und mit einem Mal trostlos sein. Sie dreht um und lässt sich treiben, unter den fast leeren Arkaden, dann auf Bürgersteigen, die plötzlich übervoll sind. Ziellos weiter, Teil einer dichten, verhalten feindseligen Flut, Körper, zu viele Körper, sie selbst ein Fremdkörper in diesen schweren Wogen. Sie muss zurück zum Seineufer, an die frische Luft.

Zu den Buchhändlern, die nacheinander ihre Auslagen einräumen, Klappen aus schwarzem, mit Eisenbeschlägen versehenem Holz schließen, Vorhängeschlösser anbringen. Georges liebte es, hier entlangzuschlendern, nach alten Büchern zu stöbern, darin zu blättern, mit den Händlern zu reden, und sie begleitete ihn, mit etwas Abstand. Er ereiferte sich, feilschte, sie sah, wie er auflebte, sie war glücklich. War sie glücklich? Warum hatte sie kein Anzeichen der jähen Trennung bemerkt, die ihr bevorstand? Die wenigen, eilig auf einen Notizzettel hingeworfenen Worte in einem nicht einmal zugeklebten Umschlag, den er für sie bei ihrer Tante Emma hinterlassen hat. Grausam.

»Ich gehe ins Ausland. Wir werden uns nicht wiedersehen. Adieu.«

Sie hatte nur einen, fast lächerlichen Gedanken: Gestern, gestern Abend haben wir uns doch noch geliebt ...

Auch heute noch, drei, nein, vier Jahre später, dieselbe Leere, derselbe Gedanke, der sich mit der Zeit tief in sie eingegraben hat: diese Hingabe, diese glückliche Hingabe. Sich ganz und gar der gemeinsamen Lust überlassen, war das eine Illusion gewesen? Etwas musste es gegeben haben, im Verborgenen, das sie nicht hatte sehen können, aber an seinem Körper hätte spüren müssen, unter seiner Haut ... Der Körper sollte nicht lügen, man sollte seiner Zuwendung oder seinem Zögern völlig vertrauen. Vielleicht schmerzte sie der Verlust des Vertrauens in ihrem Innersten mehr als der ihres Geliebten. Nur noch Kälte, Einsamkeit, nichts Verlässliches mehr ...

Außer Emma, der unbedingten Liebe von Emma, ihrer Sanftheit und Kraft. Woher nahm sie diese Beständigkeit? Oft hat sie sich gefragt, was für ein Leben Emma geführt haben mag, sie kannte sie nur als alleinstehende Frau. Als ältere Schwester ihrer Mutter war sie schon früh eine Stütze gewesen, denn beide waren sehr jung zu Waisen geworden. Sie hat mich großgezogen, sagte ihre Mutter. Und als ihre Mutter heiratete, hatte sie sich zurückgezogen, war nach Paris gegangen. Éva sah Emma nur selten bei Familienfesten, aber sie hatte nie an ihrer Zuneigung und Liebe gezweifelt. Selbstverständlich ging sie zu ihr, nachdem ihre Mutter gestorben war. Hatte es in Emmas Leben je einen Mann gegeben?

Sie merkt, dass sie lächelt, wie immer, wenn sie an ihre Tante denkt. Ohne rechtes Ziel geht sie weiter am Ufer der Seine entlang.

Ohne Ziel? Die Bouquinisten sind weg. Diese lange Zeile sehr alter Wohnhäuser auf der anderen Flussseite im Abendlicht, das ist die Île Saint-Louis. Und diese Brücke dort, das ist der Pont de Sully.

Sie ist nie bei Jean Latran gewesen, kennt nur seine Adresse, Boulevard Henri IV, 9. Weit hinten, der allzu goldglänzende, unpassende Fluchtpunkt zwischen langen Reihen von Bäumen und Dächern, der Genius der Freiheit auf seinem Sockel – die Julisäule. Fluchtpunkt oder Erinnerung? Sie geht den Boulevard hinauf und sucht das Haus Nummer 9. Es liegt am gegenüberliegenden Bürgersteig, ein mächtiges Gebäude, an der Ecke zu einer Seitenstraße. Hohe Fenster, einige sind erleuchtet, man erkennt Stuckdecken, manchmal taucht eine Gestalt auf und verschwindet wieder. Sie erinnert sich an seine Worte im Café, über den Lärm der Tauben auf seinem Dach. Wie sie selbst muss auch er ganz oben, in der obersten Etage wohnen. Eine Art Rotunde krönt die Hausecke. Ein einzelnes, schwaches Licht hinter einem der Fenster. Schattenhaft die Umrisse eines Mannes. Jean? Sie überquert die Straße, weiß, dass sie nicht klingeln wird, und geht trotzdem bis zu der großen Eingangstür aus Metall und Glas, berührt den Knauf, ein leichter Schmerz in ihrer Brust, sie zieht die Hand zurück. Die Tür ist ohnehin verschlossen, es gibt keine Klingel, nur ein elektronisches Türschloss, und außerdem. Sie kehrt um, geht zur Seine hinunter. Diesmal schließt nicht der Genius der Freiheit den Horizont ab, sondern ihm genau gegenüber, wie über der Stadt schwebend und ebenfalls goldglänzend, die Kuppel des Panthéons. Eine Nekropole.

12

Die Nacht verschluckt seinen Blick. Der Boulevard unter ihm ist menschenleer. In einer Biegung der Seine, die man von hier über die Dächer hinweg sehen kann, verlieren sich die Lichter der Stadt. Wo beginnt der Himmel? Keine Sterne, aber ein hartnäckiges rotes Blinken, vielleicht ein Flugzeug? Es bewegt sich nicht, sicher ein Warnsignal, oben an einem Schornstein. Er spürt die kühle Fensterscheibe an seiner Stirn. Nicht nachdenken, leer sein, der rote Punkt, nur er selbst, allein, nur er selbst sein, die Zeit anhalten, nichts mehr hören wollen. Nichts mehr sehen …

Nichts mehr sehen … Stammt das von ihr? In dem weißen Zimmer, über das die Zwillingsflecken wachten. Die er nicht vergessen konnte, während sie langsam, mit tonloser, unbewegter Stimme sprach. Halb zusammengerollt, eng an der ledernen Armlehne, die Beine unter sich gezogen. Er konnte den Blick nicht von ihrem nackten Fuß lösen, von dem schmalen Gelenk, das unter dem Leinenkleid hervorlugte. Sogar jetzt noch, allein in der Nacht, am Rand des Nichts, seine stille Wohnung im Rücken, hat er nur eine zarte blaue Vene unter der durchscheinenden Haut unterhalb des Knöchels vor Augen.

Draußen, hinter der Scheibe, spielte das Sonnenlicht in den frischen, zartgrünen Blättern, ein leichter Wind blies, und zweifellos war Vogelgezwitscher zu hören – vielleicht auch Kindergeschrei? Aber draußen, das war eine andere Welt. Am Stadtrand, in dem kleinen Haus, regierte eine schlaflose Nacht. Sie begleitete ihn, als er wie ein Schlafwandler durch Straßen lief, an die er sich nicht mehr erinnert, und noch jetzt, da er die Stirn an die Fensterscheibe presst, ist sie bei ihm. Diese Nacht. Und die Stimme.

Nein, sie war nicht überrascht gewesen, ihn so schnell wiederzusehen, sie hatte ihn erwartet. Diesmal kein Tee, ihr war nach Alkohol. Was sie ihm gleich sagen würde, hatte sie bisher niemandem anvertraut, aber warum gerade jetzt, und ihm? Natürlich weil Anne tot war, fortgegangen, und weil sie, Marie, weiterleben musste. Auch, weil Sie hier sind, Jean Latran, Sie, der sie berührte, sie liebte, der noch etwas von ihrem Geruch mit sich trägt. Kommt Ihnen das, was ich sage, inkohärent vor? Nehmen Sie sich einen Whisky. Es wird nicht lange dauern. Oder doch? Ich weiß nicht.

Die Stimme, dünne, spröde Seide, die immer weiter reißt, blicklose Augen, nie wirklich auf ihn gerichtet. Die Zeit steht still in den Zwillingsflecken.

– Zwilling! Können Sie sich vorstellen, was es heißt, Zwilling zu sein?

So hatte sie begonnen und lachte dabei, nein, ganz sicher nicht! Ein leichtes Beben in der monotonen Stimme. Der Rest abgezehrt von ewiger Hoffnungslosigkeit. Es geht nicht darum, was Sie wie alle anderen glauben, sagte sie. Natürlich hatten wir unsere Spiele, eine vertraute, einzigartige Nähe, eine Art Komplizenschaft, und natürlich etwas viel Stärkeres als das, was man Liebe nennt – oder vielleicht ihren Höhepunkt? Ein Fleisch zu werden, eine Bewegung zu sein, und da war noch etwas viel Intimeres, Einzigartiges. Die Unruhe, das Empfinden, um das Unerträgliche zu wissen: sie wie ich, sie-ich, identisch, im selben Moment! Und in allem, genau deswegen, der unaufhörliche, stechende Schmerz. Wir kannten das Gefühl nicht, über das manche Menschen klagen: Nur ich zu sein, ich allein …

Für mich allein, dieses Aufleuchten im Blick der Mutter, für mich allein, das Lachen meines Vaters, für mich allein, diese vertraute Geste, für mich allein bestimmt … Nie! Ich träumte von Tranchiermessern, träumte davon, meine eigene Silhouette präzise herauszuschneiden, abzutrennen, es zu beenden, meinen rechtmäßigen Platz einzunehmen. Halten Sie das für Wahnsinn? Für … inkohärent? Sie haben recht, ich bin nicht kohärent, bin es nie gewesen. Ko-hä-rent! Allein sein, autonom. Aus dichter Materie, allein in seiner eigenen Haut, ohne dieses Double, ohne dieses Ich-nicht-ich immer in und neben mir. Verstehen Sie … Nein, Sie verstehen nicht, Zwilling zu sein ist schlimmer, als zusammengewachsen zu sein. Weil man es nicht sieht. Was? Was sagen Sie?

Er hatte nichts gesagt, schon wieder hatte sie seine Gedanken gelesen … Es wunderte ihn nicht, er sagte:

– Etwas in sich zu suchen, das einzigartig ist, autonom … Das ist doch unser aller Schicksal, nicht wahr?

Zum ersten Mal Erregung in der tonlosen Stimme, ihre

zu glatte Miene verzerrte sich für einen Augenblick. Ihm zugewandt, fauchte sie:

– Nein!

In sich zusammengesackt, wiederholte sie, diesmal sehr leise, dieses Nein. Woher er das wissen würde? Hat er jemals Lust verspürt, zu töten? Nicht als Resultat einer schnell vergehenden Raserei, sondern weil man sich sagt: Du schadest mir, du erstickst mich, verrecke! Aber man glaubt nicht daran, nicht wirklich. Auch nicht als Mord im Affekt, als eine Art Spasmus, ein Gewitter, nach dem man das ganze Leben lang denkt: Ich habe es nicht gewollt. Ich verstehe es nicht. Nein: Sondern ein Verlangen, das immer gegenwärtig ist, ein Basso continuo hinter jedem Gedanken, jeder Regung und in jedem Traum: Ein unaufhörlich produziertes Gift: Sie soll sterben! Dass ich endlich Ruhe finde. Dieses Schicksal teilen wir nicht, Jean! Darf ich Sie Jean nennen?

Er hat sich vorgebeugt und sachlich, wie ein polizeilicher Ermittler, gefragt:

– Haben Sie Anne umgebracht?

– Tausendmal.

– Nein! Sie haben mich sehr gut verstanden. Haben Sie sie zum Selbstmord gedrängt?

Sie hatte gelacht.

– Das heißt, die Dinge offen auszusprechen! Und sehr vereinfacht. Ich weiß nicht, vielleicht. Wenn ja, dann ist es nur gerecht gewesen. Sie verstehen mich nicht? Schenken Sie mir einen Whisky ein, es wird wohl doch länger dauern und schwieriger werden, als ich dachte. Und Sie, bedienen Sie sich nur, Sie werden es nötig haben, hoffe ich.

13

Nachts lag ich mit offenen Augen da. Ein Traum verfolgte mich. Hat er mich geweckt? Ich hatte einen nicht wiedergutzumachenden Fehler begangen, einen irreparablen Schaden verursacht. Eine Entschuldigung, ein Widerruf waren unmöglich, ich war entsetzt. Sehr schnell vergaß ich, welcher Art mein Vergehen gewesen war, nach dem, woran ich mich erinnerte, war es keineswegs spektakulär, keine Gewalttat, vielleicht eine Geste, die ich gemacht, ein Wort, das ich gesagt hatte, irgendetwas Nebensächliches, aber die Auswirkungen waren katastrophal. Nun war alles verloren. Es gab kein Zurück.

Ich brauchte lange, um meine Gedanken zu sammeln und meine furchtbare Niedergeschlagenheit zu überwinden. Nur langsam wurde es mir bewusst: Ich konnte unmöglich getan haben, was ich mir vorwarf, es schien sinnlos, konnte nicht wahr sein. Ich erinnere mich an die Erleichterung, die ich empfand, als mir allmählich klar wurde, dass ich nur geträumt hatte. Absichtlich zögerte ich den Augenblick hinaus, die Vorwürfe und mein Erschrecken endgültig der Sinnlosigkeit zu überantworten. Noch einmal ließ ich mich auf jedes Detail meines Traums und jeden Beweis seiner Unmöglichkeit ein, nur um die Erleichterung zu spüren, wenn die erdrückende Last von mir abfiel. Um wiederholen zu können: Es war nur ein Traum!

In das Schlafzimmer, das ich mit Anne teilte, sickerte durch die Ritzen der geschlossenen Läden das Licht des Vollmonds, es ließ alle Gegenstände in dem stillen Zimmer so unwirklich erscheinen, als setzte sich der Traum fort – nur ohne das Beklemmende, das ihn beherrscht hatte. Unser Schlafzimmer war, wie alle Räume in dem Haus, das wir bewohnten, groß. Unsere Betten standen an den Wänden zu beiden Seiten des Fensters, vor dem sich zwei kleine Schreibtische befanden, an denen wir unsere Schularbeiten erledigten, zweimal der gleiche Schreibtisch, identisch, wie wir selbst, wie alles andere!

Annes Bett war leer. Ich brauchte einige Augenblicke, um mich daran zu erinnern, dass sie am Vortag unseren Vater auf seiner Tour begleitet hatte. Er war Handelsvertreter, versorgte Restaurants und Hotels in der Region mit Elektrogeräten wie Kaffee-, Wasch- und Spülmaschinen. Manchmal nahm er eine von uns mit, wenn wir keinen Unterricht hatten, die eine oder die andere, aber nie beide zusammen. Eine der seltenen Gelegenheiten, bei denen wir nicht ungeteilt waren, ein kostbarer Augenblick. Zu Hause war mein Vater ein sanftmütiger und stiller Mann, und so war es jedes Mal eine Überraschung zu sehen, wie er sich angeregt mit seinen Kunden unterhielt, lachte und trank. Ich erinnere mich noch, ich saß ganz dicht neben ihm, hörte zu, sah zu, er legte eine Hand auf meine Schulter, während er sprach, ich war seine Tochter, gehörte ihm. Momente der Gnade.

An diesen Tagen kamen wir erst nach Einbruch der Dunkelheit nach Hause, auch das verlieh diesen Ausflügen einen besonderen Reiz, die Dunkelheit, die Lichter, das Lachen von Männern und manchmal Frauen, aber nie von Kindern, ich war das einzige, das sich in eine fremde, glanzvolle Welt verirrt hatte, ich sagte nichts, war einfach glücklich. Verwirrt, aber ganz nahe bei ihm. Und wenn wir heimkamen – Los, sagte er, es ist schon nach zehn, du hast morgen Schule! –, wenn wir uns leise ins Haus schlichen, um meine Mutter und meine Schwester nicht zu wecken, die bereits schliefen, unterdrückt lachten, wenn einer von uns versehentlich die Tür zu laut ins Schloss fallen ließ oder gegen ein Möbelstück stieß, in diesen Augenblicken wusste ich, es war das reine Glück.

Aber nur jedes zweite Mal.

Es war spät, sehr spät, ich spürte es. Ich stand auf und blickte auf die kleine Pendeluhr auf meinem Schreibtisch: nach Mitternacht. Nie kamen wir nach elf Uhr abends heim. Ich trat ans Fenster und öffnete die Läden: Das Auto stand auf dem gewohnten Platz vor dem Haus. Ich bin zurück ins Bett und habe mich wieder hingelegt. Ich verstand es nicht, konnte keinen klaren Gedanken fassen, ich glaube, ich war wie betäubt. Ich horchte in die Stille des Hauses, als könnte sie mir eine Antwort geben.

Sie werden unruhig. Finden Sie, dass ich zu langatmig erzähle? Sie fragen sich, warum ich Geschichten von einer Elfjährigen zum Besten gebe? Haben Sie Geduld, damals fing alles an. Sie wollten es doch wissen, oder?

Dann hören Sie zu. Nehmen Sie sich doch noch einen Whisky!

Wo war ich? Ach ja, die Stille. In mir, im Haus. Völlige Stille. Etwas wohnte darin, glitt dort hinein, das ich lange wahrzunehmen versucht habe, fast ein Nichts, eine Art fernes Klagen, es hätte auch ein Käuzchen sein können, das von einem Baum rief, aber ich wusste, dass es das nicht war, denn es war im Haus selbst. Ich fühlte es!

Ich bin wieder aufgestanden und in den Flur hinausgegangen. Es gab vier Zimmer in dem Stockwerk. Ja, ich lasse keine Einzelheit aus, Sie werden den Grund gleich verstehen. Vier Zimmer. Eins für Anne und mich. Ein anderes war meistens unbenutzt, es wurde das Gästezimmer genannt, meine Großmutter schlief dort, wenn sie ein paar Tage bei uns verbrachte. Dann das Schlafzimmer meiner Eltern, das meistens das meiner Mutter war, denn weil er sie nicht stören wollte, schlief mein Vater oft unten in seinem Arbeitszimmer. Sie müssen wissen, dass meine Mutter krank war, ständig krank. An was sie litt? Ich habe es nie erfahren. Sie war sehr schön, meine Mutter. *Unsere* Mutter. Sehr schlank, dunkelbraunes Haar, große schwarze Augen und weiße Haut, sehr hell, fast durchscheinend … Sie wog fast nichts, wie körperlos glitt sie leise dahin, ich erinnere mich nicht, dass ihre Hände mich berührt, ihre Arme mich umschlungen haben. Anne übrigens auch nicht. Da zumindest gab es nichts zu teilen. Meine Mutter war … rätselhaft. Und vor allem traurig.

Das vierte Zimmer wurde das Atelier genannt. Wir betraten es nie, es war allein ihr vorbehalten, sie malte.

Was? Ich habe es nie erfahren. Sie schloss sich für lange Stunden in diesem Zimmer ein, in das selbst Manuelle nicht hineindurfte, um dort sauber zu machen. Manuelle war … wie soll ich sagen? Es wäre uns nicht in den Sinn gekommen, sie, wie üblich, unsere *Bonne* zu nennen. Sie war alterslos, war schon immer da und kümmerte sich um alles, sie hat für uns gesorgt, als wir klein waren. Wenn wir morgens in die Schule mussten, stiegen wir hoch ins Schlafzimmer unserer Mutter, für einen Kuss, den sie uns wortlos, flüchtig auf die Stirn drückte, dann gingen wir wieder hinunter, und Manuelle war es, die überprüfte, ob wir alles Notwendige in unseren Ranzen hatten, die Mantel und Schal zurechtzog und uns, nachdem sie uns geherzt und gedrückt hatte, zur Tür begleitete. Sie wohnte in einem Zimmer im unteren Stock, neben der Küche, eine Art Anbau, seitlich am Haus. Ich habe sie nie mit einem Mann gesehen.

Nein, ich schweife nicht endlos ab, jede Einzelheit ist von Bedeutung. Zudem haben wir genügend Zeit, oder? Sie werden wiederkommen, wenn es sein muss. Aber ja, Sie werden wiederkommen!

Ach, noch ein Wort zum Atelier meiner Mutter. Als sie gestorben ist, waren Anne und ich gerade achtzehn. Ein paar Tage nach der Beerdigung haben wir gemeinsam dieses verbotene Zimmer betreten. Anne hielt mich an der Hand und schilderte mir alle Einzelheiten, die ich nur verschwommen, wie durch dichten Nebel erahnte. Eine Staffelei, eine weiße Leinwand. Am Boden, an die Wände gelehnt, weitere Leinwände, auch sie weiß. Auf einem Tisch kaum angebrochene Farbtuben, in einer

Schale, in der sich ein seit Langem verdunstetes Lösungsmittel befunden haben musste, ausgetrocknete, verstaubte Pinsel. Eine Palette, auf der ein paar Farbtropfen ausgehärtet waren. Nicht eine bemalte Leinwand, nicht einmal eine Skizze, nichts. Hat sie jemals gemalt? Ich weiß es nicht, aber wenn ja, war nichts davon geblieben.

Also gut! Ich glaube, ich habe Ihnen jetzt zur Genüge das Umfeld beschrieben, dieses große Haus, in dem ich in meinem weißen Nachthemd mit nackten Füßen auf dem Flur stehe und dieses ferne Klagen höre, das sich in der Dunkelheit verliert.

14

Ich trat ein paar Schritte in den Flur, ging auf das Schlafzimmer meiner Eltern zu, näherte mich dann dem Atelier und dem Gästezimmer und spitzte die Ohren, obwohl ich schon wusste, dass das Geräusch aus dem Zimmer im Erdgeschoss kam. Ich zögerte eine Weile, die Treppe hinunterzugehen – weniger aus Angst als aus dem seltsamen Gefühl einer lähmenden Bewegungsunfähigkeit heraus, die einen in Träumen oft zurückhält und die jeden Schritt schier unmöglich macht.

Die Treppe war aus Holz, sie knarrte, manche Stufen besonders, ich kannte sie genau. Ich klammerte mich am Geländer fest und stieg, ohne das kleinste Geräusch zu verursachen, hinunter, unter meinen Füßen spürte ich die Kälte der Fliesen des großen Wohnzimmers. Unter der Tür des Arbeitszimmers meines Vaters: ein Lichtstreifen. Von dort kam das Geräusch, das mich so angezogen hatte. Es war nicht sehr laut, aber vernehmbar: eher ein Keuchen als ein Klagen, regelmäßig, langsam, ein bisschen schmerzvoll. Noch jetzt, während ich es Ihnen erzähle, habe ich es im Ohr, wie in jener Nacht, als meine Hand auf der Türklinke lag, gelähmt wie mein Hirn.

Und dort geschah etwas, das ich kaum erzählen kann.

Ich befürchte, dass Sie mir nicht glauben und mich für verrückt halten. Aber nach alldem, was soll's?

Wenn Sie nachdenken, Ihre Gedanken abschweifen lassen, entsteht da nicht ein innerer Dialog? Ein Teil von Ihnen diskutiert mit einem anderen, und dieser andere Teil argumentiert, hört zu und antwortet? Nun, uns, Anne und mir, ging es genauso, oder besser: es geht uns genauso. Nur dass sie in mir der Gesprächspartner ist, nicht etwa eingebildet, nein, ganz real, sie ist in mir, und sie spricht mit mir. Und manchmal, wenn ein Gedanke auftaucht, weiß ich, dass er ihr gilt, dass ich ihr antworte, und ich weiß, dass sie es weiß. Wir haben gelegentlich darüber gesprochen: Sie empfindet ... empfand genau dasselbe. Ist das bei allen Zwillingen so? Ich weiß es nicht.

»Öffne!«, war der einzige Gedanke, den ich hatte, und es war Anne, die zu mir sprach. »Öffne und sieh!« Ich drückte die Klinke, die Tür ging auf. Und ich sah. Zum letzten Mal in meinem Leben sah ich.

Das Erste, was ich sah, waren ihre nackten Hüften. Kleinmädchenhüften, mager, knochig, wie meine. Und auf ihnen die Hand meines Vaters, die sie fast ganz bedeckte. Ihn habe ich nicht gesehen, er war durch Annes Körper verdeckt und von den Laken, aber ich hörte sein regelmäßiges Stöhnen.

Ein unglaublich weißer, fast blendender Lichtpunkt waren dieser Schenkel und diese Hand, die aus dem zerwühlten Bett hervorragten. Und es gab noch einen zweiten Lichtpunkt, sehr fahl und trotzdem intensiv. Annes Augen, wie vergrößert, reglos und ruhig ... Augen, die meine erwarteten, um sie in sich aufzunehmen, um sie zu ertränken.

Und ich habe nichts mehr gesehen. Ich erinnere mich nicht daran, wie ich weggelaufen bin, sondern nur daran, dass ich wie von Sinnen gegen das Treppengeländer geprallt bin, nur von dem einen Gedanken beherrscht, dass das dort nicht hätte sein dürfen.

– Also, das ist der Anfang ... Und zugleich der Schluss! Der Beginn und das Ende. Dieser unveränderliche Augenblick, der Augenblick, als die Zeit stehen blieb und das Licht erlosch. Oh! Es gäbe noch viel zu erzählen, aber vielleicht haben Sie genug für heute? Verstehen könnte ich es! Nehmen Sie sich doch noch einen Whisky.

– Lieber nicht, sagte er und stand auf. Ich brauche etwas Bewegung ... muss ein bisschen durchatmen. Kann ich in Ihren Garten gehen?

– Ich bitte darum! Lassen Sie sich Zeit, ich warte hier.

Sein Atem hat die Scheibe beschlagen lassen, er tritt ein Stück zurück und reibt sie gedankenlos mit dem Ärmel trocken. Das rote Blinken tief in der Dunkelheit sendet ununterbrochen sein monotones Signal. Die Stadt flimmert, auch sie ist teilnahmslos, und der farbige Widerschein in der Flussbiegung bewegt sich nur schwach, kaum wahrnehmbar. In dem Garten hatte die Sonne geschienen, Vogelgezwitscher, der Duft von Gras, und die rissige Rinde einer alten Akazie fühlte sich rau und vertraut an, alles wirkte friedlich, ganz anders als diese weiße Höhle, aus der er sich gerade herausgequält hatte und in der sie geduldig auf ihn wartete. Auf der Stelle fortlaufen, außen um das Haus herum, ohne wieder hineinzugehen, das war möglich, denn es gab einen schmalen Durchgang an der Seite, zurück zum Gitterzaun, das Tor öffnen, die Straße, Menschen, wegrennen. Sich retten. Schnell im Tageslicht die Überbleibsel dieses Albtraums verfliegen lassen. »Es war bloß ein Traum!« Das hatte sie gesagt, das hatte sie geglaubt.

Mit langen Schritten ging er wieder hinein, scheinbar entschlossen, aber innerlich bebte er. Er hatte die leere Veranda durchquert und stand wieder vor ihr.

– Sie ist tot, sagte er. Wozu das alles?

Sie hob einen Arm, zeigte auf das Bild an der Wand.

– Vielleicht war sie es schon. Die Augen, die auf mich gewartet hatten, waren genauso leer wie diese da. Setzen Sie sich, wir sind noch nicht fertig.

15

Ein paar Hundert Meter weiter ist Éva auf der Mitte der Brücke stehen geblieben. Musikfetzen treiben durch die Nacht. Sie beugt sich über die Brüstung. An der Ufermauer, unterhalb einer Treppe, sitzt ein alter Mann reglos am Boden, seine Hand ruht auf dem Hals einer leeren Flasche. Neben ihm, auf einem Stück Pappe, steht ein Radio, von dort steigt der Gesang eines träumerischen Saxophons zu ihr hinauf, sie kann es jetzt besser hören. Charlie Parker, eine Erinnerung an sehr ferne Nächte, an Georges.

Exakt die Brückenmitte. Hier streift die Hand den glatten und kalten Stein der Brüstung entlang – wie viele Hände haben hier gezögert, wie viele Leben? –, hält inne und streift weiter, kehrt zurück zum kaum wahrnehmbaren und doch eindeutigen Scheitelpunkt. Das Saxophon, seine Phrasenwechsel von Dur zu Moll, von einem leisen Lachen zu einem Schluchzen. Es gab Zustände, Augenblicke, Orte, wo etwas unmerklich, aber unwiderruflich zu kippen drohte. Hatte man die Wahl? Konnte man widerrufen, innehalten, sich endgültig entscheiden? Oder nur feststellen, dass man abrutscht, vom Strom fortgetragen wird? Oder von der Schwerkraft …

Sie kehrt um. Befindet sich wieder auf dem Boulevard Henri IV. Das kleine gelbe Licht dort oben, der Schatten, sie sind noch immer da. Die große Eingangstür des Hauses öffnet sich, ein Mann und eine Frau treten hinaus und gehen lachend, eng umschlungen den Fußweg entlang. Langsam schließt sich die Tür. Sie überquert die Straße, will sich nicht beeilen, läuft trotzdem die letzten Meter und stoppt die Tür, kurz bevor sie ins Schloss fällt.

Ein Wink des Schicksals? Du hast ihm nachgeholfen, gib es zu! Wie dumm du manchmal bist … Entscheide dich! Schon geschehen. Ein kühler, laut hallender Eingangsbereich, kein Licht in der Portiersloge. Eine breite, verglaste Tür, der Fahrstuhl. Senkrechte Auffahrt durch das stumme Haus, Öffnungshebel auf jedem der hinter den Gittertüren gleich aussehenden Stockwerke, massive, fest verschlossene Türen, der Geruch von poliertem Holz. Letzte Etage. Kein Schild. Ihr Finger ruht unschlüssig auf dem Klingelknopf aus Messing. Sie könnte umkehren. Entferntes Läuten in der Wohnung. Kein Geräusch, ist niemand da? Die Tür öffnet sich, er steht vor ihr. »Ich bin's …«, sagt sie. Er wirkt nicht erstaunt, aber müde.

Er schaut sie an, sie sitzt sehr gerade auf der großen Couch, in der Hand das Whiskyglas, das er ihr gegeben hat. Er hat sich auf die Lehne eines Sessels gesetzt, trinkt Wasser.

– Ich habe heute schon zu viel getrunken, viel zu viel, sagt er. Ist eigentlich nicht meine Art.

Nur eine Lampe auf dem Kamin verbreitet mildes Licht.

– Waren Sie das am Fenster? Ich glaubte, Sie im Vorbeigehen gesehen zu haben.

Er bejaht. Er schaut sie an, sie wirkt hier fehl am Platz, nichts hier passt zu ihr, alles hier weist sie zurück. Das muss sie spüren. Was soll er ihr sagen? Sie ist gekommen, aber er kann sich nicht erinnern, sie erwartet zu haben.

– Ich war besorgt. Hätte ich es nicht sein sollen?

– Sie haben es richtig gemacht. Ich bin froh, dass Sie heraufgekommen sind.

Er hätte hinzufügen können wie neulich – wie lange ist das her? – »Ich brauche Sie.« Aber er unterlässt es.

Sie blickt sich in dem großen Zimmer um, das weitgehend im Halbdunkel liegt. Alte Möbel, an allen Wänden Bücher, ein paar Bilder, Nippsachen, Sediment mehrerer Generationen. Sie sucht nach Spuren, nach Anzeichen einer Abwesenheit, einer verschwundenen Hand, aber nichts ist hier wirklich gegenwärtig. Saß sie auf der Couch da oder genau hier, wo ich sitze? Da, wo er jetzt sitzt, auf der Sessellehne, wie im Vorübergehen, ja, so stellt sie sich die Abwesende eher vor.

– Sie sind wieder hingegangen? Ich wusste es.

Er nickt, ohne sie anzuschauen.

– Es ist ein ganz kleines Haus, murmelt er. Aber das habe ich schon gesagt, nicht wahr?

Er wartet nicht auf eine Antwort.

– Auf der Rückseite gibt es erstaunlich hohe Bäume. Sehr alte Bäume. Sie standen bestimmt schon dort, bevor das Haus gebaut worden ist.

Er hebt den Kopf, schaut sie an.

– Man glaubt, die Stadt sei immer schon dort gewesen … Aber vor gar nicht langer Zeit gab es da Wälder.

Er wäre lieber bei der Akazie stehen geblieben, hätte seine Hand über die Baumrinde wandern lassen. Sich nicht mehr wegbewegt. Aber er musste wieder hineingehen, ihr weiter zuhören. Die Worte kommen wie von allein, er muss nach ihnen nicht suchen.

– Von dem Augenblick an hat Marie nicht mehr sehen können.

Seine Stimme bleibt einförmig, fast tonlos, während er erzählt. »Marie«, er nennt sie jetzt »Marie«, denkt sie, und das macht ihr Angst.

– Niemand konnte ihr helfen. Ihre Mutter wollte nichts davon wissen, sie schloss sich in ihrem Schlafzimmer oder in dem Atelier ein, wo sie nie malte. Sie aß kaum noch, doch das hieß nicht, dass sie etwas wusste, seit Langem war sie wie geistesabwesend. Ihr Vater schwieg, auch er war abwesend, aber auf andere Art, ständig auf Geschäftsreise, und von Mal zu Mal kehrte er betrunkener heim. Nur Manuelle kümmerte sich um die Mädchen. Sie versuchte, Marie zu heilen, aber Marie war erblindet, niemand konnte etwas dagegen ausrichten. Erst starb der Vater, dann die Mutter, es hat nichts geändert.

– Wann? Wann sind sie gestorben?

– Der Vater … Die beiden waren vielleicht dreizehn oder vierzehn. Die Mutter am Tag ihres achtzehnten Geburtstags. Einsam in ihrem Atelier, endgültig vergangen. Es war das Herz, glaube ich.

– Und der Vater? Woran ist er gestorben?

Sie stellt die Frage, ohne zu wissen, warum. Vielleicht, um den glühenden Hass zurückzudrängen, den sie in sich aufsteigen fühlt, den Hass auf die erblindete, behinderte Marie und auch auf die Toten, von denen sie umgeben ist.

– Man hat ihn eines Morgens im Vestibül gefunden. Er war einmal mehr betrunken heimgekehrt, muss gestolpert sein und sich an der Treppenstufe den Schädel eingeschlagen haben.

– Mit dreizehn der Vater. Mit achtzehn die Mutter … Und während der ganzen Zeit hat Manuelle die beiden aufgezogen? Gab es keine anderen Angehörigen?

– Sieht so aus. Alles geschah in einer Kleinstadt, in Beaune. Ein verschlafener, stiller Ort, zumindest zu der Zeit, eine Stadt ehrbarer Bürger. Die Familien kümmern sich nur um sich selbst. Solange es keinen Skandal gibt, sorgt man sich nicht darum, was sonst passiert.

– Und in der Schule? Im Gymnasium?

– Anne ging weiter hin. Sie kümmerte sich um ihre Schwester, die zu Hause blieb. Einzelheiten kenne ich nicht, aber ich glaube verstanden zu haben, dass Marie, unterstützt von Anne, ihre Aufgaben von zu Hause aus erledigt hat.

– Und nach dem Tod der Mutter?

– Wie's scheint, war genug Geld da, nichts wurde geändert. Bis schließlich auch Manuelle starb. Kurz darauf haben sie alles verkauft und sind nach Paris gezogen. Dort haben sie dann das kleine Haus erworben, das Anne für Marie unterhielt.

– Und sie?

– Anne? Sie versuchte, Abstand zu gewinnen, sich von ihrer Schwester fernzuhalten. Sie hat ein Atelier gefunden, nicht weit weg, aber versteckt, für sich allein, in dem sie leben und malen konnte.

– Sie hat versucht ... Sie malte schon damals?

– Kurz nach dem Tod der Mutter hat sie ihr Atelier übernommen. Wie ihre Mutter hat sie es zu ihrer Zuflucht gemacht. Marie hatte keinen Zutritt, nicht einmal Manuelle. Aber Anne malte. Sie war sehr begabt und brachte sich alles selbst bei. Kurz vor dem Umzug hat sie ausgestellt, eine kleine Bilderschau in Beaune. Ein örtlicher Galerist wurde auf sie aufmerksam und ermutigte sie, nach Paris zu ziehen. Ich glaube, das hat den Ausschlag für den Umzug gegeben.

Seine Stimme schwankt.

– Éva ...

Er ist sehr blass, sitzt noch immer auf der Sessellehne. Hastig steht sie auf, nimmt ihm das Glas Wasser ab, das er noch immer in der Hand hält und aus dem er nichts getrunken hat, stellt es auf den niedrigen Couchtisch. Sie fasst ihn bei den Schultern, würde ihn gern umarmen, wagt es nicht.

– Ich bin nur müde, sagt er.

Sie hilft ihm, sich in den Sessel zu setzen, kniet sich vor ihm hin.

– Sie müssen sich ausruhen. Es ist spät, es ist meine Schuld.

– Nein, sagt er. Ich brauchte ... Ich musste darüber sprechen, Sie sind da, das ist gut. Aber ... Zu viele, zu belastende Dinge ... Ich weiß nicht ...

Ein fahles Lächeln:

– Offenbar werde ich alt, sagt er.

Schon lange hält sie eine Frage zurück, die sie ihm jetzt noch nicht stellen kann: »Möchten Sie, dass ich bleibe?« Nein, jetzt nicht. Er betrachtet die schmalen Ringe unter ihren blauen Augen, diese kaum erkennbare Falte, wie eine winzige Narbe neben ihrem Mundwinkel. Er streckt den Arm aus, seine Fingerspitzen berühren die Spuren der Zeit, Kratzer in der zarten Haut. Sie ergreift seine Hand, schließt die Augen und drückt sie einen Moment lang gegen ihre Wange, dann steht sie auf.

– Ich werde jetzt gehen. Es ist spät.

Er sagt nichts, hilft ihr in die Jacke, seine Hand verharrt kurz auf dem Seidenstoff, dann begleitet er sie zur Tür. Er sagt nicht »Bis morgen«, sie verzichtet auf ihre Frage. Die Fahrstuhltür schließt sich mit einem leisen metallenen Geräusch, und sie bewegt sich senkrecht hinab in dem nachtdunklen Gebäude, ihre Blicke werden getrennt.

Langsam kehrt er ins Wohnzimmer zurück. Fast drei Uhr morgens. Wie kommt sie um diese Zeit nach Hause? Er hat nicht daran gedacht, ihr ein Taxi zu rufen. Er rennt zum Fenster, öffnet es, beugt sich hinaus. Erkennt sie, halb verdeckt vom zarten Laub der Platanen, die Straße ist menschenleer, sie scheint zu zögern, er öffnet den Mund, um nach ihr zu rufen, von hier aus müsste er schreien, aber das erste vorbeifahrende Auto ist ein Taxi auf Kundenfang und hält an, um sie mitzunehmen. In dem Moment, als sie einsteigt, neigt sie den Kopf nach hinten, bemerkt ihn und winkt ihm zu. Er erwidert den Abschiedsgruß, aber das Taxi ist bereits abgefahren.

Er geht langsam zur Couch zurück, setzt sich, legt sich dann hin. So hat er es oft gemacht, wenn er auf Anne wartete.

Anne, die von dort hinten zurückkam…

Er hat nicht den Mut gefunden, die Lampe zu löschen. Er schließt die Augen, schläft sehr rasch ein. Das Letzte, woran er denkt, ist die kleine Falte in Évas Mundwinkel – und damit verbunden – ihre sanfte Haut. Und der schwache Parfumduft, der noch in der Luft schwebt.

16

So leise wie möglich hat sie die Tür hinter sich geschlossen und will die Treppen in den sechsten Stock hinaufsteigen, als ein schwacher Lichtschein aus der Küche sie festhält. Unter dem grellen Neonlicht, die Ellbogen auf den Tisch gestützt und eine dampfende Tasse in den Händen, sitzt Emma, in diesem erbärmlichen, seit Langem völlig abgetragenen blauen Morgenmantel, den sie auf keinen Fall wegwerfen will. Emmas Blick, stets warmherzig und ein bisschen müde, Emmas Lächeln. Éva küsst sie auf die Schläfe und setzt sich ihr gegenüber.

– Kamillentee, sagt Emma und zeigt auf die Tasse. Magst du auch? Hilft beim Einschlafen. Sagt man.

– Ich glaube nicht, dass ich dafür Hilfe brauche, sagt Éva. Aber … warum nicht.

– Wir haben das abends oft gemacht, deine Mutter und ich, wenn schon alles schlief. Heimlich. Wir lachten, tuschelten. Manchmal ganz lange.

»Deine Mutter und ich«, der übliche Ausdruck. Bei Emma gibt es, wenn es um diese entschwundenen Jahre geht, oft ein absichtliches Übergehen, eine abweisende Verschlossenheit, die weitere Fragen im Keim erstickt. Vielleicht eine alte Wunde, denkt Éva manchmal, ohne einen rechten Anhaltspunkt zu haben. Intuitiv spürt sie einen Schmerz, dem man nicht zu nahe kommen sollte. Dieses Bild, die beiden verschworenen Schwestern in der Nacht … ein seltenes Geschenk.

– Du konntest nicht einschlafen? Es ist halb vier!

– Frag ich etwa, warum du zu dieser Stunde nach Hause kommst, sagt Emma lächelnd.

Éva trinkt einen Schluck Kräutertee, starrt auf die gelbe Flüssigkeit in ihrer Tasse.

– Ich habe mich nicht … amüsiert, sagt sie.

– So schien es mir aber. Geht es um den Mann, den du kürzlich mitgebracht hast? Ich habe seinen Namen vergessen.

– Jean Latran, sagt Éva. Ja. Es geht ihm nicht gut.

– Er hat vor Kurzem seine Frau verloren, das hast du erzählt. Geht es darum?

– Ja, sicher … Aber es gibt da noch andere, komplizierte, sogar gefährliche Dinge.

– Gefährlich? Für wen? Für dich?

– Für ihn. Vielleicht auch für mich … Ach, Emma, es ist nicht so einfach!

Emmas Hand legt sich sanft und wärmend auf ihre. Eine alte, abgearbeitete Hand, mit braunen Flecken übersät. Als Jean von den alten Bäumen hinter dem kleinen Haus erzählte, sah sie deren dunkle und rissige Rinde vor sich. Emmas Hand ähnelt ihr. Mit der Fingerspitze verfolgt Éva den Lauf einer Vene, ein träumerischer Spaziergang, Emma begleitet ihn mit ihrem Blick.

– Siehst du eine Lösung?, fragt sie.

Dann, ohne Übergang:

– Liebst du diesen Mann?

Der Finger hält einen Moment inne, setzt dann vorsichtig seinen Weg fort.

– Ja. Schon lange.

– Jetzt ist er frei. Macht dir das Angst?

– Vielleicht … Aber es ist komplizierter.

– Es ist immer irgendwie kompliziert. Trink deinen Tee, solange er heiß ist. Wie alt ist er?

– Es ist keine Frage des Alters. Ich denke nicht mal darüber nach. Nein, darum geht es nicht.

– Vielleicht denkt er darüber nach?

– Ich weiß es nicht. Ich weiß nicht mal, ob er mich überhaupt … wirklich wahrnimmt.

Sie denkt an Jeans Finger, wie sie sanft ihre Wange berühren.

– Oder vielleicht doch, ein bisschen, aber …

Sie richtet sich auf:

– Aber wir sprechen davon, als wäre … Es ist nichts passiert, es ist nicht ein Wort darüber gefallen, Emma!

– Drei Uhr morgens, und es ist nichts passiert. Die Männer sind auch nicht mehr wie früher!

Ohne zu lächeln, fährt Éva fort:

– Es gibt da diese Frau. Nicht das, was du vielleicht denkst … eine verrückte, blinde Frau. Die Schwester der Verstorbenen. Sie verfolgt und quält ihn. Ja, genauso ist es, seit dem Tod seiner Frau quält sie ihn.

– Will sie ihren Platz einnehmen? Schwestern … Das ist eine alte Geschichte!

Ein unerwartet harter Unterton in Emmas Stimme. Éva hat wieder die verschworenen Schwestern vor Augen. Und, von Emmas Worten aufgerüttelt, ein anderes Bild, jenes, das Jean hervorgerufen hat, Marie betritt sein Schlafzimmer … Den Platz ihrer Schwester einnehmen?

– Den Platz einnehmen … Vielleicht, sagt sie. Aber um zu zerstören. Sie ist eine gefährliche Frau.

Emma hört nicht mehr wirklich zu. Sie ist aufgestanden, schiebt grundlos die Tassen beiseite, die Teekanne, sie hat jetzt einen fremden Ausdruck, ihr Blick geht ins Leere.

– Eine Verrückte, sagst du? Blind und gefährlich? Das hört sich wirklich kompliziert an! Du wirst es mir später einmal erzählen. Ich bin müde. Machst du das Licht aus, wenn du raufgehst?

Eine abrupte Unterbrechung, das kommt nicht zum ersten Mal vor. Die aufmerksame, warmherzige und zärtliche Emma wendet sich plötzlich ab, als hätten ihre Erinnerungen sie eingeholt. Welche Erinnerungen? Éva bleibt im summenden Neonlicht allein zurück. Vier Uhr in der Frühe, und sie muss morgen, nein, gleich, arbeiten und hat nicht mal Lust, sich schlafen zu legen! Und sie muss sechs Stockwerke hinaufgehen. Und Jean, er wirkte sehr erschöpft … Hätte sie bleiben sollen? Nein, da ist sie sich sicher, aber das hält sie nicht davon ab, zu träumen. Sich um ihn sorgen, für ihn da sein. Neben ihm liegen und über seinen Schlaf wachen. Das sind Gedanken einer Mutter! Und das Begehren? Begehrt sie ihn, wie eine Frau einen Mann begehrt? Was bedeutet begehren eigentlich, und wie erkennt man es? Sie weiß es nicht mehr. Sie weiß, dass sie Georges begehrt, ungeduldig nach dem Körper eines Mannes verlangt hat. Damit er sie nimmt und sie sich dabei verliert. Sie kennt es, und doch hat sie es vergessen. Der Körper vergisst, aber …

Aber dieses immer wieder auftauchende Bild: Jean an seinem Schreibtisch, sie steht neben ihm, er zeigt ihr einen Umschlagentwurf, den er an der einen oder anderen Stelle verändert haben will, deutet mit dem Stift darauf. Es ist warm, er hat sein Jackett ausgezogen und die Hemdsärmel aufgekrempelt, sie kann den Blick nicht von seinen Unterarmen lösen. Es ist nichts Auffälliges an diesen Unterarmen, sie sind nicht besonders muskulös, sogar eher schmal … Aber es sind Männerarme, richtige Männerarme, sie fand kein anderes Wort dafür, sie haben etwas von einem Männerleben an sich, sind ganz anders als ihre … Was heißt das eigentlich, ein Mann zu sein? Das fragt sie sich, das hätte sie am liebsten ihn gefragt, als er ihr die Änderungen zeigte, schlimmer noch, vielleicht würde sie sich nicht mehr an seine Anmerkungen erinnern, aber für ein paar Sekunden gab es nichts anderes als diese Arme. Und das lässt sich nicht leugnen, das ist sehr wohl Begehren, oder?

Ja, seufzt sie und steht auf, aber morgen früh wird er nicht da sein, jedenfalls nicht gleich. Sie weiß, er wird wieder dorthin gehen. Jene, die ihn dort erwartet, hat ihm nicht alles gesagt, vor allem hat sie ihm noch nicht gesagt, was sie von ihm will. Er wird hingehen …

Langsam steigt sie die Treppen hinauf, tritt in ihr aufgeräumtes Zimmer. Ein Mädchenzimmer. Ich bin kein junges Mädchen mehr! Aber manchmal fragt sie sich …

17

Lebt sie überhaupt? Er betrachtet die sich unter dem weichen Stoff des langen weißen Kleides abzeichnenden Hüften. »Kleinmädchenhüften, wie meine ...« Ihre Worte, als sie die Erinnerung an Anne im Halbdunkel des Zimmers wachgerufen hat.

Die Bilder überlagern sich, Annes Hüften unter seiner Hand, die sie langsam streichelt, sich vortastet und innehält. Er schließt die Augen und dringt wieder ein in diese Landschaft, von der Kuppe zur Senke, sie gab sich reglos hin, ihre Haut unter seinen Fingern, die sie kaum berührten, ihr Atem wurde regelmäßiger, sie war eingeschlafen. Sich nicht mehr bewegen ...

Aber ... Aber die Hand des Vaters, viel zu grelles Licht, hat Marie gesagt, doch er sieht sie schwarz vor sich, animalisch, diese Hand auf Annes Hüften. Hat sie daran gedacht, als er sie zärtlich streichelte? Versuchte sie zu vergessen, hat sie ihn darum gebeten, die Erinnerung auszulöschen? War es seine Aufgabe gewesen, die Spuren zu überdecken, sie vergessen zu machen, immer wieder, aber vergeblich? Ja, vergeblich, du wusstest es, sie wusste es, deine Hand, die diesen Körper nie wirklich berührt hat ...

Übelkeit, aufsteigende Wut: die Spuren auslöschen oder sie wiederaufleben lassen?

War es ihr selbst bewusst?

Und jetzt, in diesem Augenblick, Annes Hüften, was ist davon geblieben? Wie weit ist der Tod mit seiner Arbeit vorangekommen? Der Tod, der endgültig trennt, hat die beiden Schwestern voneinander unterschieden, diese hier lebt, der Körper unter dem weißen Stoff ist zweifellos warm … Ist er das wirklich?

– Sie hören nicht mehr zu!

Seit einigen Augenblicken redet sie nicht mehr, er hat es nicht bemerkt. Eine schmerzhafte Anstrengung, sich ihr zuzuwenden, sie wieder anzusehen:

– Worüber haben Sie mit ihr gesprochen, wenn sie nachts zu Ihnen zurückkehrte? Über jene Nacht? Jenen Augenblick?

– Nur einmal. Was sie sagte, hat mir gereicht, ich habe sie verstanden, vollkommen.

– Was hat sie gesagt?

Hat sich ihre Stimme verändert? Ein schrilles, ängstliches und herausforderndes Vibrieren trägt die Worte: *Ja, jedes Mal, wenn er mich mitnahm! Nein, es hat mich nicht geekelt … Oder vielleicht doch, am Anfang, ich hatte Angst, das stimmt, aber … Ich liebte es, nicht das, was er tat, nein, aber … Aber dass er es mit mir machte. Mit mir, verstehst du! Er war … wie ein Kind, ich weiß, es ist verrückt, so etwas zu sagen, aber es stimmt trotzdem. Wie ein verängstigtes Kind, das ich tröstete, beruhigte, ja, er hatte jedes Mal getrunken, er roch nach Alkohol, ich rieche es noch immer, wenn ich daran denke, vielleicht ertrug ich das am wenigsten, aber ich wusste, dass er auf diese Weise die Angst stillte. Nicht die Angst vor dem, was er mir antat, nein, eine sehr alte Angst, tief in ihm, sein ganzer Körper zitterte, sein schwerer Männerkörper. Nur ich konnte ihn beruhigen. Nur ich allein. Ohne dich!*

Die Stimme wird normal.

– Selbstverständlich verstand ich dieses »nur ich allein«, dieses »ohne dich«! Ihre Augen, die mich erwartet hatten, sagten es mir. Es war das Letzte, was ich gesehen habe, bevor alles erlosch: Ohne dich!

– Durch *Sie* ist alles erloschen!

– Ich weiß, was Sie sagen wollen, ich habe es oft genug gehört! Kein körperlicher Befund, hieß es, nichts Organisches, es sei rein psychisch. Mit verlegener Miene nahmen sie Manuelle beiseite – sie hat mich zu den Ärzten gebracht – und erzählten ihr etwas von hysterischer Blindheit, von Psychotherapie. Die Ursache finden, sagten sie, den traumatischen Auslöser. Manuelle brummelte, als wir heimkehrten: ich wollte keine großen Worte, ich wollte nur, dass sie dich heilen. Psychotherapie oder irgendwas in der Art, sie hat dem nie zugestimmt. Manchmal frage ich mich, was sie wusste oder vermutete. Stellen Sie sich vor: Wir kehren alle drei nach Hause zurück, Anne begleitete mich natürlich bei diesen Arztbesuchen. Stillschweigend trug jede ihren Teil des Geheimnisses mit sich. Warum weiter Ärzte aufsuchen? Immerhin ein paar Jahre lang, dann hat Manuelle aufgegeben. Warum? Um etwas wie ein Leben zu führen … Ganz normal, wie andere Menschen.

Langes Schweigen. Einmal mehr betrachtet er das weiße Zimmer, die beiden Bilder, aus denen die toten Augen blicken, die Möbel mit den schwarzen Streifen, ohne die sie sich in einem weißen Einerlei auflösen würden.

– Dieses Haus … hat Anne hier nie gewohnt?

– Nein. Als wir nach Paris zogen … Hören Sie, diese Geschichte ist noch sehr lang! Möchten Sie nicht eine Pause einlegen? Oder morgen wiederkommen?

– Kommt nicht in Frage. Ich habe nicht vor, mein Leben hier zu verbringen, ich habe noch anderes zu tun.

– Wer weiß? Gut, dann machen Sie uns einen Tee. Falls Sie nicht Whisky vorziehen, wie gestern. Ich habe noch eine Flasche in Reserve.

– Gestern war eine Ausnahme, normalerweise trinke ich kaum. Es hat übrigens nicht geholfen.

Warum sagt er so etwas? Er redet zu viel! Um ihr »Wer weiß?« zu umgehen und die Gefahr, die er heraushört.

– Und Sie?

– Ob ich trinke? Manchmal. Früher ziemlich viel. Anne ertrug es nicht. Sie hat sogar Flaschen zerschlagen, damit ich aufhöre. Das war im ersten Jahr … Nein, lieber Tee, bitte.

Während er wartet, bis das Wasser kocht, betrachtet er sie durch die Tür. Reglos auf der Couch liegend, ein Reflex in dem langen, sehr schwarzen Haar, das einzig lebendige Licht, ein schwarzes Licht. Sie wird ihren Bericht zu Ende bringen, und dann wird er gehen, er hat hier nichts mehr zu suchen, ist hier ein Fremdkörper. All das hat nichts mit ihm zu tun. Es hat mit Anne zu tun, und Anne ist tot.

Warum ist sie tot?

Er kehrt mit dem Tablett zurück, lässt ein paar Minuten verstreichen, gießt dann den Tee ein, zwei Stück Zucker in ihre Tasse, die er ihr reicht, fast schon eine Gewohnheit ... Sie probiert ihn mit spitzen Lippen, stellt die Tasse auf den Tisch.

– Sehr gut, sagt sie. Vielen Dank.

– Erzählen Sie weiter! Als Sie und Anne nach Paris gekommen sind ...

– Habe ich das nicht gestern schon erzählt? Anne hat ein Atelier gefunden und für mich dieses Haus. Das sie auf besondere Weise hergerichtet hat, damit ich hier wohnen kann. Sie hat auch eine Zugehfrau eingestellt, die sich um den Haushalt kümmert, Einkäufe macht, mein Essen zubereitet. Aber das füllt ein Leben kaum aus, nicht wahr?

– Was fingen Sie ... Was fangen Sie mit Ihren Tagen an?

– Ich höre viel Musik. Oder lausche dem Regen. Den Vögeln. Ich atme die Gartenluft, wenn schönes Wetter ist. Ich lausche, sitze reglos da, ich weiß nicht, ob ich dabei an etwas denke, wahrscheinlich schon ... Und ich wartete auf Anne.

Das gewohnte knappe Lachen:

– Inzwischen warte ich auf Sie!

Diesmal reagiert er:

– Rechnen Sie nicht damit! Ich bin nur gekommen, um ...

– Um was?

– Um zu erfahren, was ich von Annes Leben noch nicht wusste. Solange sie lebte, durfte es im Dunkel bleiben – es war ihre geheimnisvolle Seite, ich liebte sie, ich konnte endlich … Ach, was nutzt es noch?

– Sagen Sie es! Sie zögern?

Ja, er zögert. Lohnt sich die Mühe, es ihr begreiflich zu machen? Was weiß sie über die Liebe, sie, die der Hass versteinert hat? Ihr von dem endlich doch noch gefundenen Glück erzählen, eine Frau so zu lieben, wie sie war, so anders, so besonders, so geheimnisvoll? Und dann diese furchtbare Ironie: Das, was an ihr geheimnisvoll und kostbar war, fühlte er, hatte sie umgebracht. Ist es immer so? Sind wir deswegen so vorsichtig, so kleinmütig, so dürftig in unserer Liebe? Weil wir wissen, dass der Tod in der Nähe lauert …

– Sie ist die erste Frau, die ich geliebt habe, sagt er. Nur sie.

– Sie sind ziemlich zurückhaltend in Ihrem Liebesleben!

Er überhört den Sarkasmus. Er ist aufgestanden und spricht jetzt, ohne sie anzusehen, zur Veranda hin, er spricht zu den unbewegten Bäumen.

– Und sie ist tot. Der Tod beendet ein Leben. Sie lächeln wahrscheinlich über so eine Banalität? Ich sage mir ja selbst, dass Sie es nicht verstehen können. Er beendet ein Leben, wie eine Geschichte zu Ende geht, und das ist alles. Die Toten haben keine Geheimnisse mehr, sie sind davon umgeben. Das Rätsel, das sie einmal am Leben hielt, ist zu dem großen unbekannten Ozean geworden, auf dem sie treiben. Die Toten sind tot. Sie haben endgültig Ruhe gefunden.

Er wendet sich um. Ja, sie lächelt.

– Jean Latran und das Nichts! Worüber beklagen Sie sich eigentlich? Ein Rätsel, sagen Sie? Ein Geheimnis, das Anne mit sich genommen hat? Ein Geheimnis, das Sie früher entzückt hat und das Sie nun quält? Nun gut, ich bin hier, um es Ihnen zu enthüllen! Im Grunde spreche ich von dem Ort aus, an dem Sie Anne vermuten. Ich spreche für Anne.

Sie lächelt nicht mehr, und zum ersten Mal zittert ihre Stimme. Schmerz und Trauer liegen darin, und noch eine andere Färbung, denkt er. Zorn, leichter Schwefelgeruch bei einem Gewitter, kaum gezügelte Wut. All das berührt ihn, obwohl er sich dagegen wehrt. Sie leben, sagt sie (und dieses »Sie« meint nicht nur ihn). Ein ganz gewöhnlicher Mensch, der glaubt, über den Tod reden zu können, weil er selbst ein bisschen Leid, ein bisschen Trauer erträgt.

Ihre Stimme klingt brüchig.

– Ich versuche, mir vorzustellen, wie das ist: leben. Der Versuch, den unbekannten Teil in unserem Inneren zu fassen und zurückzudrängen. Und es niemals schaffen. Ich irre mich nicht, darum geht es doch, oder?

Woher sollte er auch wissen, wie es sich anfühlt, das Ende der eigenen Sätze aus dem Mund einer anderen zu vernehmen?, fragt sie. In den Augen der anderen ein Gefühl zu lesen, das, kaum in einem selbst entstanden, schon wieder unterdrückt wird. Zu wissen, dass die Vollendung der eigenen Gedanken hinter einer Stirn stattfindet, die der eigenen gleicht. Niemals die Rechte zu haben, die ihr anderen ausnutzt – und ihr beklagt euch auch noch darüber! Das Recht zu stammeln, das

Recht auf Schwäche, das Recht, behindert zu sein. Kleine Ängste zu haben, kleine Ungewissheiten, vielleicht auch mal eine Panikattacke, warum nicht?

– Wie soll ich Ihnen das klarmachen ... dieses Gesicht, das eigene, seines Geheimnisses beraubt und entblößt. Und ihr, die mich zugrunde richtet, das Gleiche antun zu müssen. Zu wissen: Sie hasst mich, und ich kann es nicht ändern – und ebendieser Hass, der uns voneinander trennen sollte, kettet uns aneinander.

– Aber jene Nacht?

– Jene Nacht, was wollen Sie damit sagen? Dass diese Nacht uns voneinander trennte? Für Anne traf das zu, zumindest sagte sie es, und auf diese Weise behielt sie die Oberhand. Aber ich? Ich sah mich wieder in ihr und sah zugleich etwas, das ich nicht hätte sehen dürfen. Ich hätte nie auch nur daran denken dürfen. Sie sprachen von Rätseln: In diesem Moment wurde mir mein tiefstes Geheimnis offenbart und wieder genommen: Annes Blick, der mich erwartet hatte, nahm es in sich auf und machte es für mich sichtbar. Da habe ich für immer meine Scham verloren. Seither ist der Tod, der schon vorher lauerte, für mich zur Selbstverständlichkeit geworden.

Er wendet sich wieder der Veranda zu, den Bäumen und der frischen Luft, dann macht er kehrt wie einer, der sich in der Richtung geirrt hat, und geht zur Tür.

– Sie wollen gehen?

Er antwortet nicht, öffnet die Tür.

– Sie wollen gehen? Sie werden wiederkommen. Ich erwarte Sie.

Wortlos verlässt er das Haus, er weiß nichts mehr

zu sagen. Er lässt die Eingangstür offen, erreicht das Eisentor, die menschenleere Straße. Die harten, unebenen Pflastersteine sind ihm willkommen.

Hinter ihm noch der Nachhall des letzten Satzes, den sie ihm nachwarf, als er hinausging. Ein harter, entschiedener, bedrohlicher Satz. Aber erfüllt von einem Schmerz, den man nicht hören sollte.

– Sie werden wiederkommen, ganz bestimmt!

18

Mechanisch hat er den Weg eingeschlagen, den er schon vor drei Tagen genommen hat, am Fluss entlang. Erst vor drei Tagen ... Er bleibt an der Ufermauer stehen, wo ein Kran unter einer Brücke Sand aus einem Binnenschiff entlädt. Metallischer Lärm, jedes Mal, wenn der stählerne Kiefer sich ins Schiffsinnere hinabsenkt und wieder aufsteigt, um sich über dem Sandberg zu öffnen, der auf dem Pflaster in die Höhe wächst, seinen Inhalt fallen lässt und wieder hinüberschwenkt. Rauschen des Sandes, der an den Flanken des Hügels hinabgleitet, einer Sandwelle, die sich unten am Boden bricht und zum Stillstand kommt. Trotz des Lärms lässt ihn die ewige, hypnotisierende Wiederholung lange reglos verharren.

Als er schließlich weitergeht, sind die Schatten am Flussufer lang geworden. Vor dem Binnenschiff der Heilsarmee wartet eine bunt zusammengewürfelte Ansammlung von Obdachlosen auf die Ausgabe der abendlichen Suppe. Ein Betrunkener spricht ihn mit »Mein Fürst!« an, bittet um Kleingeld, und als er einfach weitergeht, wird er beschimpft. Auch das ist nur Lärm, völlig bedeutungslos. Andere sitzen herum oder lehnen an der

Ufermauer, sie übersehen ihn einfach. Dafür ist er ihnen dankbar.

Lagerhallen aus tropfnassem, geborstenem Beton, aus dem hier und da rostiges Eisengeflecht ragt. Er muss jetzt wieder den Boulevard entlanggehen, weil die Autos die ganze Breite der Uferstraße einnehmen. Auf der anderen Seite die hohen Bäume des Jardin des Plantes.

Er geht hinüber, betritt die Parkanlage, schlendert ziellos durch die Alleen zwischen den pedantisch gepflegten Blumenbeeten. Gezähmte Natur, zu perfekte Farbkompositionen, selbst die tiefhängenden rosafarbenen und roten Blütenkaskaden eines großen japanischen Kirschbaums wirken künstlich. Ein grell geschminkter Tod wandert mit ihm durch diese Herrlichkeit, läuft voraus und umgibt ihn, wie ein über die Erde ziehender Wolkenschatten. Ein Gitterzaun stoppt ihn, ein nicht zugänglicher Bereich, Betreten verboten. Dort wachsen Bäume und Büsche wild durcheinander, nichts ist beschnitten, ausgelichtet oder kultiviert, eine Art Urwald, wo sich der Blick in den Tiefen frischen Grüns verliert, belebt vom plötzlichen Auffliegen der Vögel. Die Finger um die Gitterstäbe geklammert, lässt er sich in dem feuchten Halbdunkel treiben, am liebsten würde er hierbleiben, mitten in dieser urwüchsigen Unschuld. Eine Wildnis von Menschenhand, denkt er, aber würde er sich damit zufriedengeben?

Lautes Pfeifen rundum holt ihn wieder zurück und bringt ihn in Bewegung. Die Parkwächter verkünden die Schließung, nur noch wenige Besucher sind in den Alleen unterwegs, und er verlässt die Anlage als einer der Letzten. Zurück in die Stadt, die ihn hinter dem Gitterzaun erwartet. Gruppen diskutierender und lachender junger Leute, einzelne Fußgänger mit verschlossenem Gesicht, etwas Absurdes liegt in diesem Treiben, er ist einsam, vollkommen fremd in einer unentzifferbaren Welt.

Peking, es war in Peking. Er läuft ziellos durch eine Hutong in einem dieser volkstümlichen Viertel, die die Wirren der Jahrhunderte überdauert haben und in denen er sich gerne verliert, nachdem er seinen wachsamen, übereifrigen Dolmetscher abgeschüttelt hat. Die Buchmesse, auf der er seinen Verlag vertrat, war seit dem Vormittag beendet, sein Flug ging erst am nächsten Tag, er wollte in die Tiefen dieser endlosen Stadt ohne Zentrum eintauchen. Enge Gassen, in denen er im Zickzack Pfützen umgehen muss, vorbei an sehr kleinen, baufälligen, mühselig ausgebesserten Häusern, die sich gegenseitig aufrecht halten, vorbei an lautem Geschrei, das ihm wütend, brutal vorkommt, vorbei an Blicken, die über ihn hinweggleiten, ohne ihn zu sehen, nichts, woran man sich festklammern könnte, kein Wort, keine Inschrift, die einen verständlichen Sinn hätten. Eine undurchdringliche Fremdheit, diese Welt ist nicht die seine, er geht lediglich an ihr vorbei, durchquert sie. Hier bewegt er sich nicht nur in einem anderen Raum, sondern auch in einer anderen Zeit. Der Raum ist riesig, und die Zeit steht still. Er spürt eine unbestimmte Angst und unterdrückt den Drang, seinen Schritt zu beschleunigen, um wieder zu dem Autolärm und den Betonhäusern zurückzukehren, in die ebenfalls fremdartige Menschenmenge einzutauchen, die gleichwohl vertraut ist, weil sie sich bewegt, geschäftig vorwärtsströmt. Und zu den großen internationalen Hotels, mit Gästen wie ihm. Das unpersönliche Zimmer im achtundzwanzigsten Stock, mit Anne telefonieren, vor der großen, vom Boden bis zur Decke reichenden Fensterscheibe auf dem Bett sitzen und warten. Sein Blick verliert sich in der bläulichen Abgaswolke, die über der Stadt liegt, so weit das Auge reicht.

Er muss nach Hause zurück, sofort. Éva anrufen?

19

Sie berührt den schwarzen Streifen auf der Rückenlehne der Couch mit den Fingerspitzen, schon lange benötigt sie diese Hilfe nicht mehr, inzwischen kennt sie das Zimmer sehr genau, weiß, wo die Möbel stehen, kennt jeden Winkel des Hauses, spürt jeden Freiraum und jedes Hindernis. Dieser kühlere Hauch auf ihrem Gesicht, das ist der Luftsog von der Veranda, sie streckt prüfend die Hand aus. Eine bestimmte, kaum wahrnehmbare Art, wie der Stoff ihres Kleides knistert, lässt sie annehmen, dass die Glasschiebetür geschlossen ist, und tatsächlich, ihre Finger treffen auf die kalte, glatte Oberfläche und gleiten dann bis zum Türgriff. Sie öffnet, noch drei Schritte, sie steht im Garten, spürt auf ihrer Haut den leichten Luftzug von frischem Grün. Sehr viel Licht, alles vermengt sich zu einem kalten Nebel. Konnte sie nicht vor Kurzem noch den schwärzeren Baumstamm von den Ästen unterscheiden und auch verschwommen die Bewegung der Blätter im Wind wahrnehmen? Oder nahm sie auch da schon nur das Geräusch wahr, wie jetzt? War es vielleicht weniger hell als heute?

Er wird wiederkommen. Vielleicht nicht heute, er wird ein bisschen mit sich ringen, versuchen, sich zu entziehen, aber er wird wiederkommen. Es gibt keinen Ausweg, nicht für mich und nicht für ihn, warum sollte es einen geben?

Aber Anne hat ihn gefunden, den einzig möglichen. Einen endgültigen, sie hat sich aus der Falle befreit, ist allein fortgegangen. Er muss mir sehr viel genauer erklären, wie es passiert ist. Bis in die kleinsten Einzelheiten. »Sie hat sich die Pulsadern aufgeschnitten«: Das reicht nicht! Wie genau? Womit? Was sah sie in jenem Augenblick? War ich da, hat sie dabei an mich gedacht? *Wie bin ich gestorben?* Er muss es wissen, selbst wenn er nicht unmittelbar dabei war. Selbst wenn er es nicht glaubt. Er hat sie kurz darauf gefunden, zumindest bald danach, er hat es nicht näher präzisiert, das muss er nachholen. Es muss Hinweise, Besonderheiten oder einen Geruch gegeben haben, ein Zeichen ihrer letzten Gedanken. Ihrer Angst.

Hat sie Angst gehabt? Habe ich Angst gehabt? Unmöglich, es zu wissen! Alles, woran sie dachte, dachte auch ich, zur gleichen Zeit, auf dieselbe Weise, aber das nicht. Ein Tunnel … Sie hat einen Tunnel gegraben, hat die befreiende Luft hinter den Wänden gespürt. Wie ich auf meinem Gesicht den Atem des Unbekannten, diesen vagen Ozean fühle, wie ich das Pulsieren des Lebens spüre. Aber ich kann nicht mehr weitergehen, vor mir ist eine Wand. Eine Wand, die sie überwunden hat.

Sie ist nicht wie andere gestorben, die nicht wollten, die sich wehrten. Selbst Maman hat sich gewehrt, das hat mich erstaunt, so viel Gleichgültigkeit, sie schien so wenig von dieser Welt zu sein, so unbeteiligt, und doch wollte sie nicht sterben! Es war lächerlich!

Es stimmt wohl, ich habe gelacht, auch wenn ich mich lange nicht daran erinnern konnte! Am Tag unseres achtzehnten Geburtstags. Manuelle hatte einen Kuchen gebacken, Champagner gekauft und uns beiden einen Schal geschenkt, die herzensgute Manuelle!

– Es ist nicht derselbe, Marie! Deiner ist dunkler, mit einer Spur Hellgrün, der von Anne ist blau. Aber wie ich euch kenne, werdet ihr sie sehr schnell tauschen!

Ja, Champagner, zum ersten Mal. Ich mochte ihn nicht besonders. Wir waren zu dritt, Maman war nicht heruntergekommen, hielt sich wie immer abseits, blieb oben in ihrer Atelierfestung. Wir wussten schon vorher, dass sie nicht hinzukommen würde, ja, nicht einmal daran dachte, aber wir sprachen nicht darüber, es war normal.

Manuelle und Anne waren ins Kino gegangen, und ich bin allein zu Hause geblieben, sie waren unschlüssig, ich bestand darauf, aber ja doch! Du wirst mir erzählen, Anne. Ich höre Musik, während ich auf euch warte, diese Kassette, die du mir mitgebracht hast, Gershwin, ich bin noch nicht dazu gekommen. Also, geht nur!

Als ich hinaufging, hatte ich da die Absicht …? Nein, ich finde es bedauerlich, aber nein, ich hatte nichts geplant. Ich fühlte mich nur etwas schwindelig, vielleicht der Champagner? Ich hielt mich am Geländer fest, als ich hinaufging, blieb wie immer, wenn ich allein war, an der Stelle stehen, die ich genau kannte, an dem Geländerpfosten, wo mein Vater … An dem sein trunkener Kopf zerschmettert war, ich streichelte ihn immer im Vorbeigehen und hörte wieder dieses Geräusch einer platzenden Melone, ja, an jenem Abend erinnerte ich mich daran, ich habe es nicht versäumt, aber was hat mich oben dazu bewegt, mich nach links statt zu meinem Zimmer zu wenden? Ich dachte an nichts Besonderes, vielleicht lag es am Champagner. Bedauerlicherweise. Wie gern würde ich diesen Weg noch einmal gehen, diesmal freiwillig, in der festen Absicht, sie zu besuchen. Damals war es nicht so, das muss ich zugeben. Schade!

Das Atelier. Diese Tür, durch die ich noch nie gegangen war, die Klinke in meiner Hand. Zumindest da wusste ich, was ich tat.

– Bist du es, Anne?

Eine fremde Stimme. Eine Unbekannte, die man stört.

– Nein, ich bin's, Maman, Marie.

– Marie … Du weißt sehr gut, dass …

– Heute ist unser Geburtstag, Maman. Unser achtzehnter.

– Achtzehn … Ach, ja! Ich arbeite, siehst du das nicht?

– Nein, ich sehe es nicht, Maman. Ich bin blind, erinnerst du dich nicht?

– Bist du dir ganz sicher? Und seit wann weißt du es?

In jedem ihrer Sätze schwang der Versuch mit zu entfliehen, zu leugnen, sich herauszuhalten, und jedes Mal stoppte meine Stimme sie wie ein Peitschenhieb, ich war selbst überrascht. Es war ein echtes Schauspiel. Überrascht war ich auch, weil ich keine Angst hatte.

– Seit Papa und Anne …

– Lass mich in Ruhe!

– Papa und Anne, in diesem Bett …

– Marie, ich …

– In diesem Bett, ich bin sicher, du wusstest es!

In dem Moment ließ mich etwas in ihrer Stimme innehalten, ich erinnere mich genau, etwas, das gerade zersprungen war. Nicht wie das ekelige, zähflüssige Platzen einer zu reifen Wassermelone bei dem anderen da unten, nein, ein trockener Riss, das Geräusch eines Stoffes, der zerrissen wird, ich weiß es nicht mehr genau! Aber es waren kostbare Geräusche!

– Marie, bitte …

Ihre Stimme war leiser geworden, sie flüsterte fast, von unten, vom Fußboden aus. Sie war zu Boden gesunken, ohne dass ich es gehört hatte. Nur ihre Stimme. Kein richtiges Flüstern. Es war ein beherrschtes Flüstern, es war freiwillig, aber von dort, nein … Kaum zu hören, ein letzter Rest von Atem.

– In der Tasche von meinem Kittel … Hinter der Tür …

– Bist du krank?

– … das Fläschchen. Gib es mir. Ich bitte dich!

Starb sie gerade?

– Wirst du gleich sterben?

– Bitte …

– Hast du Angst?

– In der Tasche …

– Wie soll ich es deiner Meinung nach finden? Ich sehe nichts, erinnerst du dich nicht? Ja, du hast Angst!

Sie hatte wirklich Angst! Ich habe gelacht, aus vollem Hals gelacht. Ich wusste genau, wo die Tür war: direkt hinter mir. Ich bin lachend rausgegangen, ließ die Tür weit offen, ich lachte noch, als ich mein Zimmer betrat.

Es ist etwas frisch, ich gehe wieder ins Haus. Gershwin, *Porgy and Bess*, … ich höre sie mir noch einmal an, in voller Länge. Es ist nicht mehr die alte Kassette, sondern eine CD, die Anne mir mitgebracht hat, sie klingt anders, kühler, ich mag sie sehr.

Ja, er wird wiederkommen. Was bleibt ihm anderes übrig?

20

– Jean!

Hört er sie? Gegen Ende seines Berichts ist er aus seinem Sessel aufgestanden, als könnte er ihn nicht abschließen, wenn er sie ansieht. Mit dem Glas in der Hand ist er zum weit zur Nacht geöffneten Fenster gegangen. Sie muss es ihm sagen.

– Hören Sie, Jean? Ich glaube, diese Frau bringt den Tod, überall um sie herum, sie hat einfach alle getötet, ihren Vater, ihre Mutter, vielleicht sogar Manuelle …

Sie zögert, und weil ein Rücken weniger verletzlich wirkt als ein Gesicht, fügt sie hinzu:

– … und Anne. Ich glaube, dass sie auch Sie töten kann.

Er dreht sich nicht um. Die Lichter der Stadt punktieren die Nacht bis zum Horizont und lassen sie noch schwärzer erscheinen. Weit dort hinten, am Grund eines dunklen Brunnens, wartet Marie. Einsam. Unterscheidet sich für Blinde die Nacht vom Tag? Mit Sicherheit, Nacht bedeutet Stille. Der sie reglos lauscht. Vielleicht schläft sie nie?

Er spricht in die Nacht, seine Stimme klingt müde:

– Ob sie Anne getötet hat? Ich habe daran gedacht, aber ich weiß nicht … Sie ist nicht wie wir, Éva!

– Nicht wie wir?

– Nein. Anne hat sich nicht von ihr gelöst, oder sie verlassen. Sie fehlt Marie nicht, wie sie mir fehlt. Es ist wie ein Abtrünnigwerden, ein Teil von ihr hat sie verraten. Ein Teil ihres Körpers ist abgetrennt, eine offene Wunde.

– Ganz richtig, Jean ...

– Ich glaube, das verstanden zu haben. Sie irren sich, Éva. Annes Tod hat sie nicht gewollt!

Inzwischen hat er sich ihr zugewandt, und sie bemerkt auf seinen Wangen Tränen, die er nicht wegwischt. Ein jäher Impuls, sie will zu ihm, ihn in die Arme schließen, seinen Kopf auf ihre Brust legen. Aber sein tränennasser Blick ist in die Ferne gerichtet, über sie hinweg. Auf Anne? Oder Marie? Sie rührt sich nicht.

Männer wie er sind verletzlich ... Bin ich zu rasch alt geworden? Manchmal kommt es mir vor, als würde ich denken wie eine alte Frau! *Dieser* Mann: Fünfzehn Jahre älter als ich, fast zwanzig, er könnte ... nicht einmal daran denken. Dieser Mann dort mit den grauen Haaren ist wie ein verlorenes Kind. Sein vom Leben gezeichnetes Gesicht, die Jahre der Arbeit, die Stunden der Lektüre, des Schreibens, einsamer Entscheidungen, und seine von schmerzlicher Unschuld verwirrten Augen ... Begreift er nicht, dass für diese Frau alles eins ist, Hass und Liebe, Mord oder Selbstmord? Aber sie wird diese Worte nicht aussprechen.

– Sie dürfen nicht dorthin zurückkehren, sagt sie. Verdrängen Sie es. Vergessen Sie. Vielleicht verreisen Sie für einige Zeit, warum nicht? Sie haben schon lange keinen

Urlaub mehr gemacht, jeder würde es verstehen. Wenn Sie möchten …

Wird er sie endlich ansehen?

… wenn Sie möchten, reise ich mit Ihnen.

Tatsächlich, jetzt sieht er sie an, aber …

Es ist Georges' Blick, den sie nie verstanden und den sie später immer wieder vor Augen gehabt hat.

Die Feluke fährt langsam gegen die starke Strömung des Flusses an, das wie der Flügel eines verletzten Vogels zur Seite geneigte Großsegel verliert sich einsam im zartblauen Himmel, das Tuch rauscht leise, wenn ein Windstoß es belebt, bevor es wieder seine große und glatte, konkave weiße Fläche zeigt. Das Geräusch des Wassers am Schiffsrumpf. Ein sehr schwarzer, sehniger Nubier steht seitlich hinter ihr, hält das schwere Ruder zwischen den Beinen und die Schote wie einen gespannten, vibrierenden Zügel in der Hand. Vorn sitzt Georges auf dem Schandeck, ein Knie gegen die gefalteten Hände gepresst, lässt den Blick über das Ufer schweifen, die grünen Palmenhaine, die kleinen, sorgfältig von Bewässerungskanälen quadratisch eingefassten Gärten und die üppigen Bananenstauden. Ein langsam gehender Mann, gefolgt von einem Ochsen, jahrhundertealte Gelassenheit. Ein Kind, dunkel, winzig klein und trotzdem scharf umrissen, steht bis zu den Waden im Wasser, mit einem Stock in der Hand. Neben ihm eine Schar weißer Vögel, wie Seitensegel. Dahinter, ganz nah, die Dünenkuppen der von der tiefstehenden Sonne in rosa getöntes Ocker getauchten Wüste, scheinbar grenzenlos. Und Georges' Blick, der langsam wandert und sich dann auf sie, die ihn erwartet hat, richtet. Glücklich und leicht fühlt sie sich, sie lächelt ihn an, aber sein Blick trifft ihren nicht, wandert weiter und geht über sie hinweg. Er ist ganz woanders, vielleicht in einer anderen Wüste, und ein kühler Hauch streift über den Fluss und kräuselt die Wasseroberfläche, ein leichtes Frösteln, das sie ignorieren möchte, das aber ihre Haut erschauern lässt.

Wie oft hatte sie an diese Situation, an diesen Blick gedacht! Sie waren nach Frankreich zurückgekehrt. Und dann, am nächsten Tag, der Brief. »Ich gehe ins Ausland. Wir werden uns nicht wiedersehen. Adieu.« Ausland ... welches Ausland? Sie sind gerade von dort zurück! Ein anderes Ausland, noch weiter weg, hinter der Wüste. Ja, wieder dieser Blick von damals.

Aber Jean ... Er hatte sie gerade angesprochen! Er hatte ihren Namen genannt, er brauchte sie. Weshalb?

– Jean! Verstehen Sie nicht? Es ist dermaßen offensichtlich!

– Offensichtlich? Was?

Diesmal sieht er sie wirklich an. Ratlos. Er steht mit hängenden Armen in der Mitte des Zimmers, allein in seinem Ruinenfeld. Mit einem Ruck steht sie auf, geht zu ihm. Sie legt einen Arm um ihn, führt ihn zur Couch, setzt sich mit ihm hin und wagt nicht, ihn fester in den Arm zu nehmen, da er sehr zerbrechlich wirkt. Aber sie zieht seinen Kopf, dessen Gewicht sie kaum spürt, auf ihre Schulter herab. Am liebsten würde sie sagen, was ihr so offensichtlich erscheint, aber jedes Wort wäre zu viel, hätte zu viel Gewicht. Sie streichelt sein graues Haar, er hält die Augen geschlossen, ruh dich aus, ich bin bei dir, ganz dicht, aber kaum spürbar, du hast nichts zu befürchten, ich wache über dich, schlaf ein, wohin könnten wir morgen bei Sonnenaufgang fahren? In eine sehr sanfte Landschaft …

Schläft er? Sein Atem geht jetzt regelmäßig. Sie betrachtet sein Gesicht, wenige Zentimeter von ihrem entfernt, erforscht es, ihr Blick darf ihn nicht zu lange streicheln, nicht zu lange berühren. Sie muss der Versuchung widerstehen, die tiefe Falte um seine Lippen, die vom Nasenflügel bis zum Mundwinkel verläuft, auszulöschen, muss dem Verlangen widerstehen, das sie erfasst. Spürt er die Wärme ihres Körpers, auch wenn sie sich kaum berühren, durch ihre Kleidung hindurch?

Wenn wir nackt wären …

Er öffnet die Augen, bemerkt ihre, so nah, und wundert sich nicht. Mit wiedergewonnener Sicherheit blickt er sie an. Seine Miene ist ernst geworden, ihr wird bang, noch bevor er zu sprechen beginnt:

– Ich muss es herausfinden, für Anne.

Kälte. In ihr, um sie herum. Sie weiß, dass er recht hat. Hat gewusst, dass er es sagen würde. Ich bin nicht besonders mutig …

– Ja, sagt sie.

– Nur sie kann es mir sagen.

Ach, bitte mich nicht, noch einmal Ja zu dir zu sagen!

21

Wieder ist sie allein durch die schlafende Stadt nach Hause zurückgegangen. Er hatte die Augen geschlossen und war, an sie gelehnt, eingeschlummert. Und doch war er weit weg von ihr, auf dieser Couch, von der er erzählt hat, er habe dort manchmal darauf gewartet, dass Anne von ihren nächtlichen Streifzügen heimkehrte. Wahrscheinlich in derselben Haltung, den Arm über der Seitenlehne, den Kopf auf die Rückenlehne gelegt. Am liebsten hätte sie ihn an ihre Schulter gezogen, aber ihn umgab eine unüberwindliche Schutzmauer. Lange hat sie sein entrücktes, endlich ruhiges Gesicht betrachtet, hat seinem langsamen Atmen zugehört. Schläft er tief? Träumt er? Der Schmerz, der ihn eben noch umgab, ist verschwunden, ja, er schläft, und er wartet, aber er wartet nicht mehr auf sie.

Ganz vorsichtig ist sie aufgestanden und hat die Lichter gelöscht, bis auf eine kleine Lampe auf dem Kamin. Sie hat ihre Tasche und Jacke genommen, die auf einem Sessel lagen, und die Wohnung verlassen. Sehr leise hat sie die Tür zugezogen, konnte aber ein scharfes Klicken des Riegels nicht vermeiden – ein stechender Schmerz in ihrer Brust. Und bei jedem Stockwerk wiederholte der

Fahrstuhl in der dunklen Stille des Hauses sein unwiderrufliches, von einer seelenlosen Maschine gesprochenes Urteil.

Sie kehrt zu Fuß heim, am liebsten würde sie die ganze Nacht lang laufen. Unter dem Pont de Sully hat sich der alte Mann mit dem Transistorradio hinter eine Wand aus Kartons verzogen, das Pflaster des Kais glänzt im Schein des Vollmondes, der den Fluss und das zarte Laub der Pappeln versilbert. Sie schwankt zwischen Mutlosigkeit und Empörung, zwischen Müdigkeit und Wut, sie geht immer weiter, um die Traurigkeit zu betäuben.

Marie schläft nicht. Sie selbst weiß nicht, ob sie überhaupt je schläft. Sie mag es, sich in dem treiben zu lassen, was die Nacht sein muss, wenn das dumpfe Geräusch der Stadt vorläufig zum Erliegen gekommen ist. In diesen Augenblicken bevorzugt sie bestimmte Schallplatten, die verhaltene Kühle von Sibelius, das Violoncello von Casals, selbst bei niedriger Lautstärke erfüllen sie das ganze Haus, erobern den gesamten leeren Raum um sie herum, nach und nach verliert sie sich darin. Sie geht in den ersten Stock hinauf, lässt sich mit präzisen, tausendfach geübten Handgriffen ein Bad ein, zieht ihr Kleid aus und denkt sich nackt, hoch aufgerichtet und weiß. Sie lässt sich in die Wanne gleiten, taucht ein und streichelt träumerisch diesen Körper, den sie hinter geschlossenen Lidern vor sich sieht: ihre Brüste, ihr Leib, überflüssig, für immer erstarrt. Es ist Annes Körper. Der Körper der toten Anne. Immer fern, immer da.

Als das Bad sie nicht mehr wärmt, steigt sie aus dem

Wasser, trocknet sich ab und streckt sich nackt auf dem Bett aus. Zieht nur langsam die Decke über sich, würde die Kälte am liebsten ganz auskosten. Schläft sie, träumt sie? Es liegt nur wenig zwischen Schlaf und Wachsein … Schon lange erklingt die Platte nicht mehr, die unten noch eine Weile weitergelaufen war. Neben dem Kopfkissen ein Wecker, den man nur streifen muss, dann ertönt eine unpersönliche Frauenstimme: »Drei Uhr acht.« Später: »Vier Uhr fünfundzwanzig«. Sie muss geschlafen haben, denn die Zeit ist ja vorangeschritten …

Er wird wiederkommen. Er muss.

Im Traum klammert sich Jean mit aller Kraft am Rand einer Klippe fest, seine in den Felskalk gekrallten Fingernägel haben schon lange Kratzer hinterlassen. Wenn die Spur endet und sich in nichts auflöst, wird er endlich fallen, es wird eine Erleichterung sein. Warum kommt das Ende nicht? Warum dieses langsame, dann immer schnellere, endlose Abgleiten?

Die Hand auf der Seitenlehne der Couch krampft sich zusammen und entspannt sich wieder. Sein Nacken auf der Rückenlehne schmerzt, er verändert seine Position, legt den Kopf noch weiter nach hinten. Dort oben ist der Himmel weiß, sehr weiß, ein nachtweißer Himmel, über den weiße Wolken ziehen, der Felskalk ist weiß, es wäre ein schwarzer Streifen vonnöten, der das Ganze umgrenzt, er wird sich darum kümmern, wenn es mit dem Fallen endlich ein Ende hat, man kann nicht alles auf einmal tun!

Dicht neben ihm hatte er eben noch ein wenig Wärme,

ein bisschen Farbe, etwas sehr Leichtes, von pastellener Zartheit gespürt. Nun ist es verschwunden. Und das ist zweifellos besser so, er hätte ohnehin keine Hand freibekommen, um sie zurückzuhalten.

Die Stadt schläft, und in ihrem dunklen Schoß, in dieser unterirdischen Welt, die man nur erahnen kann, unter der silbrig glänzenden Haube der Zink- und Schieferdächer, hinter den zusammengekniffenen Lidern geschlossener Fensterläden, oder noch weiter unten, in tiefliegenden Irrgängen, braust dumpf die unendliche Kakofonie der Träume: widersprüchlich, disparat, gewalttätig oder empfindsam, romantisch oder trivial, obszön. Träume von Jungfrauen und Träume von Mördern, Tote ziehen an ihnen vorbei, grinsen höhnisch oder lächeln, unter ihrer Porzellanhaut graben hässliche Maden ihre Gänge, tauchen hin und wieder auf, Mütterhände kühlen eine schweißnasse Stirn, ganze Welten, die einander unbekannt sind, und gleich bricht der Tag an, und nichts davon bleibt. Nur ein paar Schlaflose widerstehen hartnäckig.

In der Küche betrachtet Emma ihre abgearbeiteten Hände, die sie an einer Teekanne wärmt, die braunen Altersflecken, die den Tod ankündigen. Die trockene und faltige Haut ist schlaff, liegt nicht mehr eng an dem bisschen Fleisch! Ich schwinde dahin, denkt sie, nehme immer weniger Platz in dieser Welt ein, eines Tages bin ich ganz verschwunden. Schon bald.

In der Schachtel mit Erinnerungsstücken, die sie manchmal in ihrem Zimmer öffnet, in jenen Nächten, in denen der Schlaf sich nicht einstellt, liegt ein Foto von ihr. Sie kippt den Inhalt auf die weiße Tagesdecke ihres Bettes und schaut jedes Stück lange an, bevor sie es wieder zurücklegt, vielleicht zum tausendsten Mal. Die alte Armbanduhr mit dem von der Zeit vergilbten Zifferblatt, die sie Waldeck geschenkt und nach Sarahs Tod wiedergefunden hat. Und Sarahs Kamee, ein Oval aus mattem Elfenbein – sie schenkte sie ihr wie die kleine, silbergewirkte Geldbörse, zu ihrem sechzehnten Geburtstag. Und einige andere Dinge, lächerlich und kostbar zugleich, ein paar vergilbte Fotos, manche tragen ein fast verblasstes Datum auf der Rückseite, in Schönschrift.

März 1946. Sie ist achtzehn. Sie sitzt an einem kleinen Tisch, den Kopf leicht nach unten geneigt, schaut nicht in die Kamera, da sie mit gesenktem Blick schreibt. Hinter ihr, auf der linken Seite, ein Fenster mit Spitzengardine, in deren Mitte in ein rechteckiges Ornament mit einfachen Stichen ein Engel gestickt ist. Das seitlich einfallende Licht hebt ihr Gesicht hervor, es streichelt die volle Wölbung ihrer Wange, die glatte Schläfe, das Augenlid. Immer verweilt sie beim Betrachten bei einem Detail: dem linken, auf den Ellbogen gestützten Arm. Bei der Hand, die den Kopf hält, die geschlossene Faust verliert sich in ihrem à la Jeanne d'Arc geschnittenen Haar. Ein sehr schmaler Unterarm, genau vom Licht modelliert … Wie war das Leben in diesem Körper eines jungen Mädchens? Welche Gedanken regten sich hinter der glatten Stirn? Stellte sie sich die Jahre vor, die kommen würden? Wie hätte sie darüber gedacht, dass dieser Arm, den sie heute gern flüchtig berühren würde, zu diesem dürren

Ast werden würde, den der hochgerutschte Ärmel eines alten blauen Morgenmantels entblößt?

Achtzehn ... Sarah war acht. Waldeck war noch nicht in ihr beider Leben getreten, die Eltern würden nicht zurückkehren, sie waren von dem mörderischen Sturm fortgerissen worden, der sich erst jetzt gelegt hatte. Wem hätte ich im März 1946 schreiben können? Wir waren so allein ... Und wer hat dieses Foto gemacht? Ich erinnere mich nicht.

Sarah ... Deine Tochter ist jetzt dreißig. Hätten wir uns das jemals vorstellen können?

Sie ist heute Abend nicht nach Hause gekommen, und das gefällt mir nicht. Weshalb? Ich weiß nicht viel, nur, dass da dieser Mann ist, der seine Frau verloren hat. Der Tod treibt sein Unwesen, ich spüre es, ich kenne den Geruch des Todes. Ich bin eine alte Frau, Sarah. Vielleicht spüre ich auch schon den Tod in mir?

Ein riesiges, uraltes Krokodil lauert im Schlamm des toten Flussarms, geduldig und mit geschlossenen Augen, die Ewigkeit hinter und vor sich. Die Stadt schläft niemals wirklich.

22

– Sandra? Guten Tag, ja, Marie Fonseca hier. Hören Sie, Sandra, es ist nicht nötig, dass Sie heute wegen des Haushalts vorbeikommen, es hat keine Eile … Ich erwarte Freunde. Wegen morgen rufe ich an, noch weiß ich es nicht. Das ist alles. Danke, Sandra.

Sie legt auf. Denkt, dass das Monatsende naht und sie Sandra bezahlen muss. Auch darum wird er sich kümmern müssen. Es gibt ein Bankkonto auf den Namen Fonseca, aber wie viel ist da noch drauf? Bisher hat Anne alles geregelt, funktioniert das automatisch, auch ohne sie? Von wo kam das Geld? Es gibt ein elterliches Erbe, aber reichte das, oder musste Anne etwas dazugeben? Sie haben nie richtig darüber gesprochen. Nein, das stimmt nicht ganz: Anne hat versucht, ihr die Dinge darzulegen, aber sie selbst wollte nie etwas davon hören. Du kümmerst dich darum, Anne, hatte sie gesagt, es ist deine Sache. Ich verstehe nichts davon. Ja, jetzt wird er alles in die Hand nehmen müssen!

Müsste sie nicht die Erbin ihrer Schwester sein? Kein Wort ist darüber gesagt worden, sie selbst hat sich noch keine Gedanken darüber gemacht. Anne hat offenbar keinerlei Anweisungen hinterlassen. Soll sie mit Jean darüber reden? Er müsste von selbst daran denken! Für ihn kam es natürlich überraschend, er hat nicht damit gerechnet, eine Hinterbliebene ausfindig zu machen, aber jetzt ... Du wirst dich daran gewöhnen, Jean, du wirst sehen! Du wirst dich nicht fortstehlen!

Sie denkt »Jean«, sie duzt ihn. Es ist vollkommen neu für sie, an einen Mann zu denken ... An einen Mann, *diesen* Mann, den Anne für sich allein hatte, zu dem sie zurückkehrte, um ihm bald wieder zu entgleiten. Das hat nun ein Ende! Er gehört mir, Anne, du kannst es nicht ändern.

Was heißt das, ein Mann? Sie hat nie einen gekannt. Dieser ist groß, seine Stimme tief, er hat den Geruch eines Mannes. Einen Geruch, den sie bereits kennt: Er haftete auf Annes Körper, als Bruchstück aus einer anderen Welt, das sie mit sich trug, ja, das war er. Was heißt das, ein Mann? Einen Mann körperlich lieben ...

Wenn sie sich streichelt, sieht sie dabei in Gedanken nie einen Mann, niemals! Wie wäre das gewesen? Sie an seinem Körper. Sie, die gleichzeitig ich bin. Die es *war*.

Wie ist es, wenn ein Mann in einen eindringt? Anne hatte nie darüber gesprochen. Ein Einbruch, eine Tötung, brutal und unwiderruflich? Die Hand des Vaters auf dem schmalen Schenkel, und sein Geschlecht – wo war sein Geschlecht? Bohrte es sich in Annes Leib? Sie hatte nie daran denken wollen, aber so etwas denkt sich von ganz allein, heftig, in harten Wellen, tief in ihrem Inneren. Ist es vielleicht so, wenn jemand in mich eindringt?

Die weiße Trennwand meiner Augen durchbrechen ...

Denk nicht an so was. Denk daran, dass er kommen

wird, schon ist er auf dem Weg, am Eingang der Sackgasse. In diesem Moment geht er ohne Eile mit gleichmäßigen Schritten auf dein Haus zu. Du weißt es, spürst es, wie du es bei Anne gespürt hast, du wusstest, dass sie kommt, dass sie da war, du hast die Tür geöffnet, und wie selbstverständlich stand sie davor, du hast ihr die Hand gereicht, sie hat sie ergriffen, du hast sie ins Haus gezogen, die Tür geschlossen, deine Arme umschlangen ihren Körper, der der deine war, kein fehlendes Teil, auch kein Double, sondern ganz der deine. Unentbehrlich, gehasst, geliebt, wild. Und fügsam.

Sie steht auf, geht zur Tür, öffnet sie und bleibt auf der Schwelle stehen, geblendet von einem Ozean aus weißem Licht. Darauf wabert ein schwachumrissener, schwarzer Fleck, wie ein Trugbild. Sie streckt den Arm aus, es ist dieselbe Geste, aber früher geschah es nachts. Er blickt auf ihre ausgestreckte Hand, zögert, ergreift sie.

– Komm rein, sagt sie. Pardon, kommen Sie rein!

Er folgt ihr und schließt die Tür hinter ihnen.

23

– Heute lieber Kaffee. Sie kommen zurecht?

Er gibt keine Antwort, sondern führt eine Reihe einfacher, naheliegender Handgriffe so routiniert aus, als hätte er selbst die Küche, die Wandschränke eingerichtet.

– Wer führt den Haushalt?, fragt er.

– Eine Frau, Sandra. Sie kommt auf Abruf, das ist praktisch.

– Seit wann?

– Von Anfang an, Anne hat sich um so was gekümmert. Wie um den Rest … Warum?

– Alles ist perfekt und logisch geordnet, man findet sich leicht zurecht.

– Es muss so sein. Sonst wäre ich verloren. Anne hat gesagt …

Sie schweigt. Zu spät. Hass erfüllt den Raum.

– Was hat Anne gesagt?

– Dass bei ihr … Sie sagte »bei mir« … dass Sie sich dort um alles kümmern würden, dass sie alles liegen ließe und doch später alles an seinem Platz wiederfände. Ist das richtig?

– Es ist, ja, es war richtig.

– Jean … Darf ich Sie Jean nennen?

– Sie haben bereits damit angefangen, schon vergessen?

– Jetzt bitte ich Sie darum.

– Wo liegt der Unterschied?

Wie sollte sie ihm dies erklären?

– Sie sind seit Langem der erste Mensch, den ich treffe, mit dem ich rede. Für mich ist das sehr wichtig.

– Und Anne?

– Anne war nicht irgendwer. Das war etwas anderes, verstehen Sie?

– Ich denke schon …

– Wenn ich Jean sage, dann sind Sie da, im selben Zimmer. Ein ganz anderer Mensch, direkt neben mir. Darf ich Sie Jean nennen?

– Ja.

Ein unmerklicher Unterton in diesem Ja, wie empfindsam so ein Mann war!

– Ich muss wissen … *wen* Sie sehen?

– Ich verstehe nicht.

– Wenn Sie mich ansehen, gibt es dann eine Marie, die tatsächlich für Sie existiert? In Ihren Augen? Unterscheidbar?

– Unterscheidbar von Anne, meinen Sie?

– Ach, ich hatte gehofft, Sie würden es verstehen. Ja, sagen Sie es mir!

– Ja, Sie sind es.

Warum beeilt er sich so mit der Antwort? Die Kaffeemaschine zischt nicht mehr. Er schenkt zwei Tassen ein, trägt das Tablett hinüber, ohne Zucker. Anne nahm nie Zucker. Er stellt es auf den niedrigen Tisch.

– Ja, Sie sind anders.

– Inwiefern?

– Nun, schon äußerlich. Ihre Augen: Sie sind noch heller als die von Anne.

– Das kommt von der Krankheit.

– Welcher Krankheit?

– Ich weiß nicht ... Fahren Sie fort.

– Alles ist anders. Ich weiß, es mag seltsam klingen, aber ich sage das nicht, um Ihnen eine Freude zu machen. Macht es Ihnen Freude?

– Ich weiß nicht. Eigentlich nicht! Reden Sie weiter.

– Ihr Gesicht und Ihr Körper sind genau wie Annes, – ja und nein!

– Erklären Sie mir das.

– Ich weiß nicht, wie ich es sagen soll, nichts ist wirklich vergleichbar. Alles an Ihnen ist ... Ach, ich möchte Sie nicht verletzen! Härter, klarer konturiert, vielleicht kälter.

– Komisch. Nein, es verletzt mich nicht, aber es liegt etwas Merkwürdiges in dem, was Sie sagen! Der Gedanke, dass ich, die ich in einer so verschwommenen Welt lebe, einer Welt der Nebel, Schemen und unscharfen Konturen, dass ich so wirken könnte ... Wie haben Sie es ausgedrückt? Klar konturiert und hart, ja?

– Nicht ganz. Worte sind nie wirklich adäquat! Es ist irgendwie anders ...

– Dabei ist das Ihr Beruf!

– Mein Beruf?

– Ja, die Worte. Sie schreiben doch, oder? Sie befassen sich mit Büchern, mit Worten!

– Ja, genau …

– Worte, die treffend sein müssen, präzise … Wie haben Sie es ausgedrückt? Adäquat?

– Ach, es ist leider noch komplizierter! Oder vielleicht zum Glück …

– Erzählen Sie mir von Ihrer Arbeit? Von dem, was Sie schreiben?

– Marie! Ich bin nicht gekommen, um …

Sie unterbricht ihn. Sie richtet sich auf, wirkt plötzlich lebhaft, wie elektrisiert.

– Es ist das erste Mal, sagt sie.

– Was?

– Dass Sie mich Marie nennen! Von Anne abgesehen, hat mich seit Langem niemand mehr mit meinem Vornamen angesprochen. Wiederholen Sie ihn bitte! Ich bitte Sie, wiederholen Sie ihn!

Warum zögert er? Welche Gefahr, welche Falle? Ein Vorname, es ist bloß ein Name. Flüchtig hat er das Bild aus dem Traum vor Augen, die Klippe, der Kreidefelsen, der langsam unter seinen Fingernägeln nachgibt …

– Marie, sagt er.

Er lässt den Namen ein wenig nachhallen.

– Was ich sagen will … Ich bin nicht gekommen, um über mich zu reden. Auch nicht über Sie, Marie.

– Warum dann?

– Um … etwas zu erfahren, was ich nicht wusste, was mir verborgen, ungreifbar geblieben ist. Anne …

Eine hohe Woge des Hasses, die hinter dem Horizont gelauert hat. Wie konnte sie bloß glauben …

– Ich werde es Ihnen sagen …

Sie ist aufgestanden, geht im Zimmer auf und ab. Ohne ihre übliche Präzision stößt sie gegen Möbelstücke, sucht mechanisch nach der Unterstützung durch die schwarzen Streifen. Auch ihre Worte tasten sich vor, ecken an.

– Was verborgen *blieb*, sagen Sie. Anne ist tot, aber Sie haben sie nicht wirklich begraben können. Nicht ganz und gar, irgendetwas fehlte! Sie sind schockiert? Genau darum geht es, genau darum! Irgendwas an ihr ist Ihnen entgangen, und dieses Irgendwas bin ich. Und Sie sind gekommen, um diesen Rest zu finden. Es stimmt, ich habe Sie herbeigerufen, Sie hierhergeführt: Weil ich allein zurückblieb, beiseitegerückt, in der Schwebe, und weil ich leben wollte. Aber Sie sind gekommen, um das, was noch fehlt, zu finden. Um endgültig den Sarg schließen zu können.

Die Sätze hallen dumpf wie Schläge, die sie austeilt, wie Steine, die aneinanderschlagen. Er will nicht zuhören, ist ebenfalls aufgestanden und weicht zur Tür zurück.

– Stimmt das so? Sind meine Worte präzise genug? Adäquat? Sie sind gekommen, um mich umzubringen. Ein für alle Mal. Endgültig. Trotzdem hatte ich gehofft ...

Sie hat sich zu ihm umgedreht, er sieht ihr tränenüberströmtes Gesicht, und es berührt ihn. Wie so oft geht ihr Blick leicht daneben, ist nicht wirklich auf ihn gerichtet, sondern mit dieser Abweichung, die ihm sonst das Gefühl gibt, dass er einen Schritt zur Seite tun müsste, um ihr direkt gegenüberzustehen. Jetzt eröffnet sie ihm damit die Möglichkeit, heimlich zu fliehen, wie ein Dieb. Ohne gesehen zu werden? Er öffnet die Tür, geht hinaus. Sie folgt ihm nicht. Aus dem Inneren der Höhle verfolgt ihn die tonlose, von Schmerz zerrissene Stimme bis zum Gartentor.

– So ist es! Gehen Sie! Sie sind ein …

Das Quietschen des Eisentors überdeckt ihre Worte. Die schmale Straße, frische Luft. Bin ich ein Feigling?

24

– Schon vier Tage, Emma! Er hat nichts gesagt, hat mich nur wissen lassen, dass er für einige Zeit nicht da ist, mehr nicht. Ich bin mir sicher …

– Diese Frau?

– Ja.

– Und weiter?

– Und weiter? Aber Emma, sie ist gefährlich. Kannst du dir nicht vorstellen, wie sie in ihrer Zurückgezogenheit auf Rache sinnt?

– Auf Rache? Für was, an wem?

– Na … An ihrer Schwester, am Leben!

– Ja, sagt Emma langsam. Ja, ich kann es mir vorstellen.

– Um sie herum sind alle tot, und ich bin mir sicher, dass sie etwas vorhat. Und jetzt Jean … Sie hat ihn in ihr Netz gezogen. Und ich habe ihr dabei geholfen, indem ich ihren Namen und ihre Adresse herausfand …

– Wenn deine Vorahnung stimmt, wäre sie auch ohne dich so weit gekommen.

– Vielleicht … Trotzdem war er es, der Sie gesucht hat!

– Du übertreibst, Éva. Du weißt, warum. Du liebst diesen Mann, nicht wahr?

– Ja. Aber …

– Aber was? Warum kämpfst du nicht einfach darum, ihn zu finden und dich von ihm lieben zu lassen? Ihn zu erobern? Die Männer sind schwach, Éva. Ich weiß, dich schockiert es, wenn ich »die Männer« sage. Und trotzdem …

– Du redest, als würdest du …

– Bring deinen Satz zu Ende! Als würde ich sie kennen, stimmt's?

In Emmas Stimme liegt Zorn.

– Emma, das alte Fräulein, das vorhat, über »die Männer« zu reden, denkst du das?

Emmas Hände liegen flach auf dem Tisch, drücken mit aller Kraft darauf. Éva sieht, wie sich unter der faltigen Haut die Knöchel weiß abzeichnen, und erschrickt. Soll sie widersprechen? Das wollte ich nicht sagen, Emma, verzeihst du mir? Sanft legt sie ihre Hände auf Emmas, sagt nichts.

– Es ist spät, sagt Emma.

In ihrer müden Stimme liegt unbeabsichtigt ein letzter Rest Härte.

Die Neonröhre brummt, man sollte sie austauschen. Wie lange sagt sie sich das schon? In der zu grellen Küche steht die Zeit still, blutet aus, wie sie. Wie lange muss sie noch leben? Hinter ihr so viele Jahre, die sich im Nebel verlieren, der Erinnerung verloren gegangen sind … Vor allem die am weitesten zurückliegenden, die sie oft auf den alten Fotos in der Schachtel wiederzufinden sucht. Warum hinterlässt das Glück so wenig Spuren? Wenn sie an die Vorkriegsjahre denkt, wird ihr klar, dass die

Aufgabe des Vergessens möglicherweise darin besteht, zu beschützen: In jenen Jahren lag die Welt in einem heiteren Licht.

Einige wenige Bilder, aber undeutlich, verwischt: das über die kleine Sarah gebeugte Gesicht ihrer Mutter … Die Hand des Vaters hält ihre … Und dann verblasst alles in den Wirren des Krieges. Die Eltern starben, wir waren allein. Du warst alles, Sarah, alles, was mir geblieben war, alles, was zählte. Eine Welt, in der es nur uns beide gab, über die ich wachte. Und es machte mich glücklich, ja, glücklich, dich heranwachsen zu sehen, ich lebte für dich, durch dich, in jenen Jahren, als du zu einem jungen Mädchen wurdest. Du warst so schön, Sarah, meine Schwester. Und am Leben, das war ein großes Geschenk für mich.

Selbst Waldeck, der sagte, dass er mich liebt, habe ich nicht in diese kleine, von mir behütete Welt eintreten lassen. Ich habe ihn nur bis zu unserer Schwelle vorgelassen. Ich sagte: Später, Waldeck, später, wenn Sarah …

Dann vergingen die Jahre, lautlos rannen sie dahin. Wie Sand zwischen den Fingern. Bis zu dem Tag … Das Gedächtnis ist grausam …! Wie klar und deutlich ich deine Stimme höre, Sarah!

– Hör zu, Emma, ich muss dir etwas sagen …

Beunruhigt? Vielleicht ein bisschen. Aber auch glücklich: Dieses funkelnde Licht, das in deinen Augen tanzte, in deinen Augen, veilchenblau wie die von Éva, jedes Mal, wenn sie mich ansieht, bist du es, Sarah, die ich anblicke!

– Emma, Waldeck und ich, wir …

Waldeck und Sarah. Wollen heiraten. Sind glücklich. Und ich? Ein Halteseil reißt, dann das andere, und ich treibe dahin, immer weiter fort, ich werde euch aus der Ferne lieben und aus der Ferne hassen. Paris. Die Einsamkeit …

Ein Kind. Sarah erwartet ein Kind. Selbstverständlich werde ich kommen, ich möchte das nicht versäumen! Die Patentante sein? Natürlich bin ich einverstanden! Eine Tochter, Éva? Éva, wie unsere Mutter, bist du sicher, Sarah? Warum nicht! Erst Éva, dann Emma und Sarah, dann erneut Éva, ein gesponnener Faden teilt sich, geht auseinander, findet wieder zusammen. Mütter und Töchter, ein hübsches Bild, das sich in den Lauf der Zeit einwebt, das Geschlecht der Frau, der schwangere Körper der Frau, ja, warum nicht, Éva! Übrigens ähnelt sie unserer Mutter, findest du nicht? Sie war schön, tun wir so, als könnten wir uns erinnern … Aber ja, Waldeck, sie ähnelt dir, selbstverständlich, sie ähnelt dir! Sie hat … deine Nase, siehst du! Aber nein, es ist kein Scherz, Waldeck!

Waldeck, mein Glück. Waldeck, mein tiefer Schmerz. Den ich unterdrücke, der mich beschämt.

Waldeck ist tot, vom Gerüst gefallen. Wie oft habe ich ihn in meinen Träumen gesehen, er hört nicht auf zu fallen, den Kopf nach hinten gelegt, die Arme ausgebreitet, er fällt mit nackter Brust. Er hört nicht auf zu fallen, ich höre nicht auf zu sterben. Gedanken aus ätzender Lava, die mich verbrennen: Bei mir wäre er nicht gestorben, Sarah, ich hätte ihn beschützt. Ich bin verrückt, ich weiß, aber trotzdem, bei mir …

Hätte ich zu euch zurückkehren sollen, als ihr allein

wart? Ich konnte nicht. Hätte ich auch dich, Sarah, vor diesem Tod beschützen müssen, der unaufhörlich seine Kreise um uns zieht?

Manchmal rede ich mit dir, Sarah. Ich betrachte Éva, die eine Frau geworden ist, schmal und grazil, Éva, die liebt und weint, die lebt – oft sage ich zu dir, wenn ich allein hier in der Küche bin: »Weißt du, Sarah, unsere Tochter ...«

Unsere Tochter liebt diesen Mann ... Hast du ihr »Ja« gehört, als ich sie danach gefragt habe? Ich hatte große Angst, sie werde sich nicht mehr trauen zu lieben, nach Georges ... Aber sie liebt, und sie hat Angst. Und ich weiß, ich fühle, dass es richtig ist, Angst zu haben. Der Hass schwelt schon so lange hinter der Trennwand blinder Augen ...

25

Selbstverständlich ist er wiedergekommen. Im Kopf diesen einen Gedanken, an den er sich wie an einen Rettungsanker klammert: Er muss sie ansehen. Es wagen, sie richtig anzusehen. Nur so wird er es erfahren können.

Sie ist anders, das hat er ihr zu verstehen gegeben, ganz anders als Anne. Stimmt das wirklich? Vielleicht hat er es gesagt, weil sie es gern hören wollte? Weil er glaubte, dass sie sich so etwas wünschte? Oder weil er sich selbst gewaltsam davon überzeugen wollte: Nein, er sieht nicht Anne vor sich, auf keinen Fall. Anne hatte nicht diese distanzierte Kälte, diese Anmutung einer Statue, Anne war warmherzig und sanft und verloren, körperlich aufgewühlt, wenn sie mitten in der Nacht zu ihm kam und ihn bat, sie zu beruhigen, sie in seinen Armen zu halten, bis sie nicht mehr zitterte.

Aber der eigentliche, wirkliche Unterschied, das sind die Augen. Warum nur ist es so anstrengend, ihr direkt ins Gesicht zu blicken? Ihr *in die Augen* zu blicken? Weil sie selbst es nicht kann? Weil ihre Augen nie wirklich auf ihn gerichtet sind und weil er sie finden, sie überraschen muss wie ein unbeobachteter Dieb? Ein bisschen Mut, sieh sie dir ein für alle Mal genau an! Blasser als die von

Anne? Das stimmt nicht ganz. Dieses Grau ist heller, dunstiger, sodass man am liebsten eine unmerkliche Nuance hineindenken möchte, ein winziges Nichts an zarter Färbung, kaum wahrnehmbar ... ja, es sind ganz genau dieselben. Was unterscheidet sie also? Jetzt versteht er es: Marie sieht nicht nur nichts, oder ganz wenig, von der äußeren Welt, sondern es gibt auch kein Leben *hinter* ihren Augen. Was man erahnt, was man sich jenseits des undurchdringlichen Schleiers vorstellt, ist eine unbewohnte Welt aus Eis und Nebel.

In der tiefen Stille des Wohnzimmers ist Marie aufgestanden, lautlos wie ein Phantom zur Glastür der Veranda geglitten, hat sie geöffnet und ist auf der Schwelle stehen geblieben. Sie spürt die abendliche Kühle, die den Garten durchdringt, das feuchte, langsam verblassende Himmelsblau. Sie hat sich an den Türrahmen gelehnt. Die lange, geschmeidige Linie ihres Rückens, die Biegung ihrer Hüften unter dem leichten Kleid rufen schmerzliche Erinnerungen wach. Schließlich nimmt er den weißen Wollschal von der Couch und geht zu ihr. Sie rührt sich nicht, hört ihn näher kommen, und rührt sich auch nicht, als er ihn um ihre Schultern legt. Seine Hände verharren auf ihren schmalen Schulterblättern. Sie haben nicht vergessen, wie zerbrechlich sie wirken. Unmerklich bewegt sie sich rückwärts, lehnt sich einen kurzen Moment gegen ihn, bevor sie sich aufrichtet, die Fransen des Schals anfasst und ihn fester um ihre Brust zusammenzieht.

– Danke, sagt sie.

Dann, einige Augenblicke der Stille später, ohne sich umzudrehen:

– Sie können jetzt gehen.

Alle Geräusche dringen mit übergroßer Deutlichkeit zu ihr: das dezente Klicken des Riegels, als sich die Tür schließt, das Quietschen des Eisentors, sogar seine Schritte, die sich langsam auf dem Pflaster entfernen. Zweifellos nur eine Einbildung, er müsste längst fort sein.

Warum hat sie ihn weggeschickt?

An den Rahmen der Glastür gelehnt, hat sie, ohne es zu bemerken, zum ersten Mal die Augen geschlossen. Sie gibt sich den Bildern hin, die auf sie einstürmen. Die Hände des Mannes entfernen sich von ihrer Schulter und gleiten an den Armen hinab, die unter ihrer Berührung empfindsam werden, lebendig. Der Atem des Mannes in ihrem Nacken ... der so nahe Mund wird ihn streifen. Die Arme werden sie umschlingen, sie ganz umfangen, am Rücken wird sie seine Wärme fühlen. Etwas Unbekanntes pocht in ihr und droht, sie zu erobern, eine gewollte und herbeigerufene Bedrohung. Liegen seine Hände jetzt nicht auf ihren Hüften? Begehren sie nicht ihren Leib, der auf sie wartet?

Sie gibt sich Bildern hin, die weit mehr sind als das. Bilder, die sie nicht sieht, sondern die in ihr sind – Lust, Erregung – sie könnte einfach loslassen: ertrinken. Wie man aufhört zu kämpfen und sich dem schwarzen Wasser anvertraut, das nach einem verlangt.

Plötzlich ist der Schmerz zu stark, sie würde sterben, wenn es so weiterginge. Sie muss unbedingt wieder zu sich kommen, sich sammeln, sich zusammennehmen. Sie braucht die Kälte! Sie braucht den Hass! Sie braucht …

Unten ist die Tür aufgerissen worden. Sie wird nicht wieder geschlossen. Oben, an der Treppe, gegen das Geländer gelehnt, spürt sie die Kälte von der Straße an ihren nackten Beinen unter dem Nachthemd. Sie hört, wie der Betrunkene gegen Möbel stößt und leise flucht. Sie geht ein paar Stufen hinunter, versucht herauszubekommen, wo er jetzt ist, eigentlich weiß sie es: Er stolpert beim Hinaufgehen der Treppe genauso wie sie, als sie flüchtete, nachdem sie die beiden im Arbeitszimmer gesehen hatte. Er muss nur den Treppenpfosten umrunden, um die erste Stufe zu finden, aber nein, wie in einem Albtraum rennt er dagegen, lässt nicht locker und versucht es noch einmal. Genau wie sie in jener Nacht, aber ihn macht der Alkohol blind.

Sie geht die Treppe weiter hinunter. Rasch hat sie gelernt, sich der letzten Rundung des Geländers unter ihrer Hand anzuvertrauen, und ohne Zögern berührt ihr nackter Fuß die letzte Stufe, danach die Fliesen des Hauseingangs. Ohne ihn loszulassen, umrundet sie den Treppenpfosten, streckt ihre freie Hand aus und berührt ihn. Er atmet schwer, wie ein verwundetes Tier. Sie packt ihn am Jackett und zieht ihn hoch, lässt ihn dabei eine halbe Drehung ausführen, auf eigentümliche Weise ist er schwerfällig und fügsam zugleich. Sie sagt:

– Komm!

Und geleitet ihn zur ersten Treppenstufe.

Die Hand tastet sich vor und berührt ihre Schulter,

stützt sich darauf, er steigt eine Stufe hoch, eine zweite, bleibt stehen. Die Hand klammert sich an Maries Schulter fest, lässt sie erstarren, wandert hinab, sucht ihren Körper, harte Finger in ihrem Rücken wandern tiefer hinab. Er grummelt unverständliche Worte, klebrige Wortfetzen. Mühsam hebt sie einen Arm, ertastet seinen Kopf, fühlt zwischen den Fingern seine schweißnassen Haare, verharrt wie gelähmt. Er will sich ihr weiter nähern, sein Fuß verfehlt die Stufe, er kippt auf die Seite, sie lässt seine Haare nicht los, wird von seinem Fall mitgezogen, der Kopf des Vaters schlägt gegen den Geländerpfosten, er stöhnt auf. Er weint. Klammert sich an ihr fest. Der Aufprall scheint ihn ein bisschen ernüchtert zu haben, er sagt:

– Bitte, hilf mir!

Sagt:

– Bitte, Anne, hilf mir!

Sie packt ihn an den Haaren und zieht ihn zu sich heran. Eine gewaltige Kraft liegt in ihrem Arm, sie schleudert den Kopf gegen den Pfosten und hört das Geräusch einer zerplatzenden Melone, das sie niemals vergessen wird. Sie hat ihren Griff nicht gelockert und schleudert ihn wieder und wieder dagegen, und jedes Mal klingt das Geräusch ekelerregender, dumpfer, widerlicher.

Und dann zieht Anne sie zurück, nimmt sie in die Arme, hält sie, wiegt sie.

Ringsum Stille.

Manuelle eilt herbei und schreit auf, als sie den verrenkten Körper und all das Blut sieht.

Anne sagt ganz ruhig:

– Ruf die Polizei, Manuelle. Oder … nein! Den Krankenwagen. Egal, ruf irgendwo an.

Und sie fügt hinzu:

– Wir haben das Geräusch gehört, sind hergerannt, alle drei, wir haben ihn so gefunden. Sag ihnen das!

– Ja, sagt Manuelle und sucht mit den Augen nach dem Telefon, als wüsste sie nicht mehr, wo es steht.

Ein wenig hilflos und zögerlich erst, dann wirkt sie fest entschlossen.

– Ja, wiederholt sie, als sie den Hörer abnimmt, wir haben ihn so gefunden.

Oben hat sich die Mutter nicht gerührt. Hat sie nichts gehört?

26

Was tust du hier, Éva? Mit welchem Recht dringst du so weit in eine Geschichte ein, die nichts mit dir zu tun hat? Bist du nicht schon so weit gegangen, wie du nur konntest? In wessen Namen versuchst du, mit Gewalt dort einzudringen, wo du keinen Platz hast? Du liebst ihn, sagst du. Und weiter? Was ist schon dabei! Er ist verloren, in Gefahr, ihm muss geholfen werden? Was weißt du schon davon? Und wer hat dich darum gebeten?

Impasse Maillard. Die schmale, menschenleere Straße. Ruhig, wie in der Provinz. Hier werden die Fensterläden geschlossen, sobald die Sonne untergegangen ist, und man macht sich für die Nacht fertig. Maman schloss auch so früh die Läden, vergewisserte sich, ob die Haustür gut verriegelt war, selbst wenn es nichts Beschaulicheres gab als unser Städtchen, dort passierte nie etwas! Sie machte es wie alle anderen, verschloss das Haus früh, für uns beide. War es auch so, als Waldeck noch lebte? Nie denkt sie »Papa«, sie muss sich erst daran erinnern, »Papa« gesagt zu haben, um ihn auch in ihren Gedanken wieder so zu nennen. Wenn ihre Mutter ihn erwähnte, sagte sie nie »dein Vater«, sondern immer

»Waldeck«. Emma nennt seinen Namen nie, aber Emma spricht überhaupt nicht über die Vergangenheit …

Warum hat sie keine Erinnerung an diese Zeit, als sie zu dritt in dem Haus lebten? Nein, sie schlossen sich damals zweifellos nicht so ein, Waldeck war ja da. Ein rau klingender Name. Waldeck: Harte Muskeln, kräftige Fäuste, schwielige Hände, nein, jemand wie Waldeck würde nicht fallen, sich alles brechen und sterben. Das ist alles, was sie von ihm hat, seinen Namen. Und die traurige Erinnerung in den Augen ihrer Mutter.

Sie ist nicht gleich in die Sackgasse eingebogen, sondern auf der schmalen Brücke stehen geblieben – noch eine Brücke –, die über den Graben der ehemaligen Eisenbahnlinie führt. Dort ist es schon dunkler. Was von den Gleisen übrig geblieben ist, verschwindet unter Dornengestrüpp, von oben hinuntergeworfene Gegenstände jeder Art bedecken den Grund, dessen Ränder von Holunderbüschen überwuchert sind: ein kaputter Kinderwagen, ein Autoreifen, ein altes Fahrrad … Ein staubiger Dschungel. Ja, was tust du hier?

Was würde Emma dazu sagen? Bestimmt, dass ich nicht hier sein sollte. Dass ich mich in Acht nehmen sollte, aber vor was? Vor ihm, vor dieser Frau, vor mir selbst? Dass ich schon genug gelitten hätte unter meiner gescheiterten Liebe zu Georges, dass jener Mann nichts für mich wäre, dass ich das Unglück herausfordern würde? Vielleicht auch nicht, bei Emma weiß man nie genau. Vielleicht würde sie mich sogar ermutigen, los, ergreif deine Chance, wenn du glaubst, dass du ihn liebst!

Aber zwischen Jean und mir steht diese Frau, die nicht

wirklich am Leben ist. Diese Frau, die bereits tot ist und doch noch einmal sterben muss.

Bist du deswegen hier, Éva? Um sie umzubringen?

Vielleicht …

Ja, trau dich, es zu denken!

Sie biegt in die Sackgasse ein. Geht über den schmalen Bürgersteig, weil sie sich auf dem Straßenpflaster die Knöchel verrenkt. Kommt schließlich bei der Mauer an und lehnt sich mit dem Rücken dagegen. Dort steht das kleine Haus, das er ihr beschrieben hat. Die Läden sind nicht geschlossen, grellweißes Licht erhellt die beiden Fenster rechts und links der Eingangstür. Weshalb das Licht? Braucht sie welches? Sie erinnert sich daran, was Jean gesagt hat: dass sie nur sehr verschwommen Schatten erkennen kann. Wird sie mich trotzdem sehen?

Soeben hat sich ein Fenster geöffnet, eine Frau beugt sich hinaus, zieht die Läden heran. Sie ist es nicht: zu lebendig, zielgerichtete Bewegungen. Jetzt das andere Fenster. Dann die Eingangstür, ein helles Rechteck zum Garten umrahmt die Frau. Eine Gestalt hinter ihr, eine Stimme:

– Nein, morgen nicht, Sandra, das wird nicht nötig sein. Ich rufe Sie an. Schönen Abend. Und … vielen Dank!

Die Tür schließt sich. Die Frau stößt das Gartentor auf, tritt auf die Straße, bemerkt Éva, die an der Mauer lehnt, bleibt stehen, blickt sie einen Moment an, unschlüssig, geht schließlich weiter. Sie dreht sich noch einmal um, zuckt leicht mit den Achseln, setzt ihren Weg fort und verschwindet hinter der Straßenecke. Jetzt bist du allein, allein mit der anderen, die sich hinter den geschlossenen Läden versteckt.

»Die andere …« Sie heißt Marie. Nein, ich kann nicht … Marie, das ist ein Name, jemand aus Fleisch und Blut, Marie heißt Leben, nein, sie ist »die andere«.

Plötzlich kommt ihr ein Gedanke: Nicht einen Moment hat sie daran gedacht, dass Jean bei ihr sein könnte. Und wenn es so wäre? Wenn sie beide nur wenige Meter entfernt wären, sich vielleicht umarmten? Falls die andere bereits Besitz von ihm ergriffen hätte?

Dann wäre es zu spät.

Sie löst sich von der Mauer, macht die paar Schritte, die sie vom Gartentor trennen. Sie legt die Hand auf den eisernen Griff, dreht ihn, stößt mit einem leichten Quietschen den Torflügel auf. Hat die andere es gehört? Man sagt, Blinde hören sehr gut …

Hinter ihr schließt sich das Tor, wieder mit einem Quietschen, was soll's. Die andere soll es hören, soll sich beunruhigen. Sie soll sich Éva vorstellen, sie »sehen«, so wie sie sich selbst sieht: Von oben herab, wie von sich selbst abgelöst, sieht sie das Haus und ihren eigenen Körper, der sich mechanisch auf dem Weg vorwärtsbewegt. Schließlich gelangt sie über den Rasen zu dem schmalen seitlichen Durchgang, der zum Garten führt. Sie soll, wie sie selbst, diesem langsamen Ballett beiwohnen, das sich da draußen abspielt, ein menschlicher Körper beschreibt einen Bogen um einen anderen, reglosen, der lauscht, abwartet …

Aber etwas dringt ein in diese Stille, scheint aus der

Erde und den Bäumen aufzusteigen, etwas wie eine tiefe, verhaltene Stimme, die Éva festhält und sie in sich hineinhorchen lässt. Sie erkennt diese Stimme, hat schon oft mit ihr geplaudert, eine Stimme, die nie müde wird, sich Gehör zu verschaffen, wenn sie allein ist. Das Violoncello von Casals. Die gelassene Weisheit von Bach.

Sie hört einen Augenblick zu, setzt dann ihren Weg fort, steigt im Strom der tiefen Stimme hinauf, die lauter und deutlicher wird, als sie in den Garten eindringt. Ein Lichtviereck ergießt sich aus der Fensterfront der Veranda und lässt ein paar Büsche hervortreten, Baumstämme, die sich in der noch schwärzeren Nacht um sie herum verlieren. An der Grenze zwischen Licht und Dunkelheit bleibt sie stehen, legt die Hand auf die rissige Rinde einer alten Akazie. Wenige Meter entfernt stehen die Fenster der Veranda weit offen. Und dahinter die Glastür, die sich in das von Helligkeit und Musik überflutete Zimmer öffnet.

Sie löst sich von dem Stamm, tritt in das Licht, dann auf die Veranda. Eine Kraft, die nicht zu ihr gehört, treibt sie vorwärts, sie geht in das Zimmer, bleibt dann auf der Schwelle stehen. Die Musik erfüllt den ganzen Raum. An der Wand, mühelos das Durcheinander kraftloser Farben dominierend, wacht der seelenlose Blick der Zwillingsflecken über die Szenerie. Auf der Rückenlehne der Couch eine erstarrte Kaskade von langem schwarzen Haar. Noch ein Schritt, noch einer. Da ist sie, der Länge nach hingestreckt, reglos.

Das Cello fährt fort, Spitzbogen und Arkaden, einen steinernen Kranz von Fensterrosen zu errichten, die ganze Architektur einer ohne Hast und Nachlässigkeit erbauten Kathedrale. Und plötzlich, nicht kraftvoller, im Gegenteil, aber aus einer anderen, ganz anderen Welt kommend, eine tonlose, unergründliche Stimme:

– Wer sind Sie?

27

– Wer sind Sie?

Ein weibliches Wesen ist wie ein Fremdkörper in die Musik hineingeglitten, eine einsame Besucherin hat das hallende Kirchenschiff betreten. Schlank, leichter Schritt, ja, eine Frau, Marie nimmt jetzt einen zarten, etwas dunkleren bernsteinfarbenen Fleck wahr, dieses Parfum hat sie schon einmal gerochen. Bemühe dich nicht, lass die Erinnerung von allein Gestalt annehmen … Jean ist es nicht, aber es hat mit ihm zu tun. Ein sehr flüchtiges, sogleich wieder zerstreutes Erstaunen, das sich jedoch erneut einstellte, sobald er durch die Tür getreten war, ein zartes Ocker, das mit ihm aus der Welt von draußen hereinkam und sofort wieder verschwand. Und jetzt, wieso hat sie es nicht früher gehört? Diesen schwachen, aber raschen Atem aus der schmalen Brust einer zweifellos erregten und trotzdem seltsam ruhigen, entschlossenen Frau.

– Wer sind Sie?, wiederholt sie. Hat Jean Sie geschickt?

– Ich heiße Éva. Nein, ich bin nicht von ihm geschickt worden. Ich bin nicht auf seine Bitte hin hergekommen. Er weiß nicht, dass ich hier bin.

Die junge, angespannte und zugleich selbstsichere

Stimme bestätigt und verstärkt das Bild, das in ihrem Kopf Gestalt annimmt.

– Sie sind … eine Freundin von Jean? Éva … Merkwürdig, er hat nie von Ihnen gesprochen.

– Hat er von sich gesprochen?

– Eigentlich nicht, nicht wirklich. Aber ich hätte gewusst, gespürt …

Sie hält inne. Ja, du hast es gespürt, erinnere dich! Bring mehr in Erfahrung, verletze sie.

– Wahrscheinlich deshalb, weil Sie nicht besonders wichtig für ihn sind.

– Mag sein … Aber es geht nicht um mich.

– Setzen Sie sich. Ihre Stimme kommt von oben. Ich bin blind, wissen Sie das?

– Ja, ich weiß. Nein, ich will mich nicht setzen.

– Nun gut. Ich werde nicht aufstehen, ich bin müde. Wir reden also so weiter. Aber worüber?

– Wir werden nicht weiterreden. Sie brauchen mir nichts zu erzählen, ich kenne Sie.

– Tatsächlich?

– Ja. Ich weiß, dass Sie eine Mörderin sind.

– Ich nehme an, das war nur so dahingesagt. Nicht schlecht. Was wissen Sie sonst noch?

– Etwa, wie Sie erblindet sind. Ich weiß alles über Sie.

– Ich wünschte, das könnte ich auch sagen! Also, Jean hat Ihnen das alles erzählt? Sie müssen von größerer Bedeutung für ihn sein, als ich gedacht habe.

– Ich weiß nicht, ob ich von großer Bedeutung für ihn bin, wie Sie es ausdrücken. Aber er ist es für mich. Deshalb bin ich hier.

– Das habe ich geahnt! Aber bevor wir weiter abschweifen ... Warum nennen Sie mich eine Mörderin? Ganz bestimmt hat nicht Jean Sie dazu gebracht, so etwas zu denken. Mit welchem Recht?

– Vergeuden wir keine Zeit! Nein, Jean war es nicht, Jean ist zu ... verstört dafür. Obwohl ...

– Ja?

– Sie als Mörderin von Anne, Ihrer Schwester, daran kann er gedacht haben. Selbst wenn er es von sich gewiesen hat.

– Anne hat Selbstmord begangen.

– Weil Sie ihr keinen anderen Ausweg gelassen haben. In der Tat – Sie können sich für unschuldig an ihrem Tod halten, es ist sogar denkbar, dass Sie sich ihn nicht einmal vorsätzlich gewünscht haben. Anders war es bei Ihrer Mutter, Ihrem Vater, bei Manuelle ...

– NEIN!

Sie ist aufgesprungen, gerät dabei leicht ins Wanken, versucht sich der Fremden zuzuwenden, tastet sich in ihre Richtung vor ... Wie eine Blinde, denkt Éva. Es hält nur einen Moment an, dann beruhigt sie sich wieder.

– Nein, wiederholt sie, nicht bei Manuelle. Manuelle war alles für mich.

– Wichtiger als Ihre Schwester?

– Anne war kein anderer Mensch für mich, verstehen Sie das nicht? Manuelle, ja. Vielleicht als Einzige.

– Sie wusste es? Wusste von Anne und Ihrem Vater?

– Ja.

Sie hat sich wieder gesetzt, diesmal nach vorn gebeugt,

mit den Händen auf den Knien spricht sie ins Leere, so wirkt sie fast lebendig.

– Ja, ich bin mir sicher, auch wenn wir nie darüber geredet haben. Aber ihre Art, mich zu berühren, mich zu umsorgen, als wollte sie mir ständig sagen, sie habe es verstanden ... Manuelle war die Mutter, die ich nicht gehabt habe. Sie haben kein Recht ...

– Ich glaube Ihnen. Aber die anderen?

– Die anderen ... Mein Vater, meine Mutter? Was hat das für eine Bedeutung? Anne, das ist etwas anderes.

– »Während eines Fluchtversuchs getötet worden«?

– Sie können also ironisch werden! Aber es stimmt nicht ganz: »Flucht durch Selbstmord« wäre richtiger.

– Das kommt aufs selbe raus.

– Sie sind sehr hart. Und doch jung und sensibel, oder täusche ich mich? Wie alt sind Sie?

– Geht Sie nichts ... Dreißig.

– Dreißig ... Jung, mindestens fünfzehn Jahre jünger als Jean.

– Ich weiß.

– Haben Sie mit ihm geschlafen?

– Er weiß vielleicht nicht mal, dass ich ihn liebe. Nein, ich habe nicht mit ihm geschlafen. Und Sie?

– Selbst wenn Sie es nicht glauben, wir beide haben uns einiges zu erzählen. Ich möchte, dass wir reden, ich bitte Sie darum. Wollen Sie sich nicht doch setzen? Soll ich einen Tee machen? Möchten Sie eine Tasse?

– Ich bin nicht zum Teetrinken gekommen.

– Ich weiß. Aber die Dinge können sich ändern. *Wir* können uns ändern.

– Das sollte mich wundern! Aber meinetwegen, warum nicht? Ich werde den Tee machen. Die Küche ist dort, oder? Hinter der Tür?

– Sie wissen anscheinend alles! Ja, vielen Dank. Und die Antwort lautet selbstverständlich nein! Nein, wir haben nicht miteinander geschlafen. Nichts dergleichen.

– Nehmen Sie Zucker?

28

Als Éva das Tablett auf den Couchtisch stellt, fällt ihr auf, dass das Cello verstummt ist. Jetzt ist alles offen. In Erwartung. Klare Geräusche, die die Stille eher vertiefen, etwa das des Tees, den sie einschenkt, das Klirren eines Löffels auf Porzellan.

Noch etwas hat sich verändert: Es ist eine absurde Situation, sie sitzt hier und trinkt Tee mit dieser Frau, diese Szene müsste man von oben betrachten, vielleicht im Stehen, wie sie es eben noch getan hatte. Jetzt sitzt sie. Das beunruhigt sie ein wenig.

– Warum sind Sie gekommen?

– Um Ihnen zu sagen, dass Sie Jean in Ruhe lassen sollen.

– Kommt das von ihm? Er hat mich von sich aus aufgesucht!

– Sie wissen, dass das nicht stimmt! Sie selbst haben ihn dazu verleitet, ich weiß es. Und ich bin Ihr Werkzeug gewesen. Unfreiwillig.

– Warum?

– Ich habe ihm Ihren Namen und Ihre Adresse besorgt, allein hätte er es nicht herausgefunden.

– Sie waren das also! Wir haben nicht darüber gesprochen, aber ich habe mir diese Frage gestellt, er wirkt so unbeholfen! Aber verlassen Sie sich drauf, ich hätte auch einen anderen Weg gefunden.

– Daran zweifle ich nicht.

– Aber warum wollen Sie unbedingt, dass ich ihn … in Ruhe lasse, wie Sie es ausdrücken? Weil Sie ihn lieben, ihn für sich allein haben wollen?

– Ich glaube nicht, dass ich so denke: »Ihn haben wollen«, »Für mich allein«, nein.

Ich liebe ihn schon lange. Er weiß es nicht, er hat mich nicht wirklich wahrgenommen. Ich möchte, dass er mich wirklich sehen kann, darum geht es. Dass er frei dafür ist, mich zu sehen. Ihr Pech, wenn gerade diese Worte sie verletzen!

– Weil ich blind bin? Keine Sorge, ich benutze ihn nur. »Marie, begreifst du nicht, dass …«

Sie hält inne. So hat sie schon einmal zu sich gesprochen, vor Kurzem, als die Tür sich hinter Jean geschlossen hatte.

– Dass er frei ist? Und Sie glauben also, dass ich ihn gefangen halte?

– Ja.

– Mehr als Anne?

– Jean liebte Anne. Verzweifelt.

– Liebe … Verzweiflung … Deswegen ist er so trübsinnig!

– Ist der Sarkasmus Ihre einzige Kraftquelle? Nein, es geht ihm nicht gut. Weil Sie die Finger im Spiel hatten. Schon immer. Sie haben Ihren Einfluss auf Anne nie aufgegeben.

– Meinen Einfluss … Ja, vielleicht. Ich musste überleben, meinen Sie nicht?

– Mussten Sie? *Müssen* Sie?

Die letzten Worte hallen in der Stille nach, beiden ist es bewusst.

– Sind Sie gekommen, um mich zu ermorden?

– Ich habe daran gedacht. Ja, ich habe daran gedacht.

– Und jetzt?

– Ja. Wenn es sein muss.

– Sie sind mutig. Und stark, obwohl Sie zerbrechlich wirken. Sich vorzustellen, jemanden zu ermorden, ist nicht leicht. Es muss sogar sehr viel schwieriger sein, darüber nachzudenken, als es zu tun. Doch das wird vielleicht nicht nötig sein.

– Das wäre mir lieber! Warum sagen Sie das?

– Es ist etwas passiert. Ich werde versuchen, es Ihnen zu sagen. Es mir selbst zu sagen, präzise, ein für alle Mal. Sie werden es verstehen. Aber vorher …

Sie steht auf, umrundet den Tisch, steht jetzt direkt vor Éva. Beugt sich zu ihr herab.

– Erlauben Sie, dass ich Sie berühre? Ich möchte genau wissen, mit wem ich rede. Ich habe keine andere Möglichkeit.

Die Hände streichen über Évas Gesicht. Ihr Kopf ist leer, die Angst gezügelt. Die große Gestalt über ihr ist zu nah, verschwommen, in Stille getaucht. Es könnte ein Traum sein. Die Augen schließen.

Die Finger berühren ihr Haar, wandern zu ihren Schultern herab, drücken sie flüchtig. Gleiten wieder nach oben, streifen ihre Backenknochen, ihre Wangen, umkreisen die Augen, den Mund. Das könnte sinnlich sein, wirkt aber eher wie ein Bedauern. Warum sich dem hingeben?

Die Finger wandern zu ihrem Hals hinab, umschließen ihn, verharren dort. Ein Ring, ganz fest auf der Haut. Sie könnte ... Sich losreißen ... Oder sich ihr anvertrauen, ein unerklärlicher Gedanke.

Ein allerletzter Gedanke?

Vielleicht steht morgen in den Zeitungen ...

Eine mitten in der Nacht in ihrem Haus überfallene blinde Frau tötet die Einbrecherin. Die Haushälterin hatte am Vorabend eine junge Frau um das Haus herumstreifen gesehen, aber ihr keine weitere Aufmerksamkeit geschenkt. Heute bedauert sie das sehr. Über den Hintergrund des Einbruchs ist nichts bekannt. Die Besucherin ist durch den Garten ins Haus gelangt und überraschte Madame Marie Fonseca, die trotz ihrer Behinderung allein in dem kleinen, abgelegenen Haus im 12. Arrondissement lebt. Ein kurzer Kampf brach aus, doch dank ihres Mutes und ihrer bemerkenswerten Energie konnte Madame Fonseca die Einbrecherin überwältigen. Es sei nicht ihre Absicht gewesen, sie umzubringen, sagte sie gegenüber den Ermittlungsbeamten, sie habe nur versucht, sich zu wehren, und begreife nicht, wie es zu einem so tragischen Ende kommen konnte. Trotz des Schocks hat sie darauf bestanden, in ihrem Haus zu bleiben. Sie wird zu einem späteren Zeitpunkt von der Polizei verhört werden. Allem Anschein nach kannte sie das Opfer nicht, die Untersuchung über dessen Identität und Motiv dauert an.

Wie lange blieben die Finger um ihren Hals geschlossen? Sie hat nicht fester zugedrückt, Éva spürt, wie sie ihren Hals loslässt, wie die Finger in einer flüchtigen Liebkosung wieder nach oben wandern, sich zurückziehen. Sie öffnet die Augen. Weit weg, über ihr, ein leeres Gesicht.

– Ja, sagt Marie, sich wieder aufrichtend, es zu tun, ist leicht!

29

Jetzt ist sie wieder allein. Aber es ist eine andere Form von Einsamkeit.

Was bedeutet ihr diese Welt, die sie nicht kennenlernen wird? Die sie nur mit den Fingerspitzen auf Évas Gesicht gestreift hat.

– Aber das war nicht das einzige Mal!, sagt sie laut und steht auf.

Sie wird sich an den Rahmen der offenen Glastür lehnen, dort, wo sie stand, als Jean seine Hände auf ihre Schultern legte.

Die Wärme seiner Hände. Vergiss sie! Die Wärme, die deinen ganzen Körper erobern und zum Glühen bringen könnte. Vergiss sie! Zu viel Schmerz. Und vor allem …

Vor allem diese Sanftheit, die entwaffnet, zur Hingabe verführt. *Hingabe.* Das Wort ist fürchterlich! Die kurze Berührung ihres Rückens mit Jeans Körper, so kurz, so durchdringend. Vergiss sie! Zieh den Schal um deine Brust zusammen, wie du es auch sonst tust. Es ist Nacht, dir wird kalt. Diese ganze unsichtbare Welt, Bäume, Häuser, Leute, sie reicht bis ins Unendliche, bis in den Himmel, zu den Sternen …

Erinnerst du dich an die Sterne?

Nur einen Moment noch. Einatmen, das Gras riechen. Dem großen unerreichbaren Treiben des Lebens dort draußen lauschen, aus weiter Ferne.

Sie wendet sich um, ohne die Glastür zu schließen und folgt mit der Hand automatisch den überflüssigen schwarzen Streifen. Sie kennt ihr kleines, verschlossenes Universum. Langsam geht sie bis zu dem Möbelstück, auf dem die Stereoanlage steht, mühelos finden ihre Finger die richtigen Tasten. Casals' Cello ergreift Besitz von dem Zimmer, vom ganzen Haus, die Musik bemächtigt sich der Welt und der Gedanken. Wer diktierte Bach die verborgene Ordnung der Dinge?

Als sie sich gerade wieder aufrichten will, hält sie inne, sucht an dem Gerät eine Taste, auf die Anne sie hingewiesen, die sie aber noch nie benutzt hat. Eine Taste, die bewirkt, dass die am Ende angelangte Platte von Neuem beginnt, unablässig, ohne dass jemand abermals darauf drücken muss. Annes Hand auf ihrer, sie hilft ihr beim Suchen, Annes Hand, die ihrer vollkommen gleicht, und doch nicht, warm und sanft, ein weiterer Schmerz. Ein Augenblick, kaum entstanden, schon verloren. Die Musik jedoch wird dauern.

Sie geht jetzt die Treppe hoch, betritt das Badezimmer. Unter ihren Fingern die Kälte des Waschbeckens. Vor ihrem Gesicht der unnütze Toilettenspiegel. Gerade mal ein schwacher Schatten, wenn sie den Kopf bewegt. Irgendjemand befindet sich dort im Spiegel. Augen starren in ihre. Ein Gesicht, das es zu erheischen, wiederzufinden, zu beherrschen gilt.

Sie öffnet den Badezimmerschrank, das Geisterbild

verschwindet. Vorsichtig tastend sucht sie, wo das Fläschchen sich befindet, und hält es fest. Sucht weiter, es muss noch eins da sein, hinten auf dem Regalbrett. Sie benutzt es sehr selten, Schlaflosigkeit kennt sie kaum. Ein Leben ohne Schlaf …

Die Fläschchen fest in der Hand, geht sie in ihr Schlafzimmer und setzt sich auf die Bettkante. Jetzt kommen die Bewegungen automatisch, ihre Hände zögern nicht, tasten sich vor, wissen genau, was sie zu tun haben. Sie stellt das unangebrochene Fläschchen neben sich, schraubt das andere auf, lässt den Inhalt in die Hand gleiten. Führt sie zum Mund. Spürt, seltsam angenehm, die vielen Kapseln zwischen Zunge und Gaumen. Beugt sich vor, um besser an die Wasserflasche auf dem Nachttisch zu kommen. Nimmt einen großen Schluck aus der Flasche. Jetzt das andere Fläschchen. Es aufschrauben. Umkippen. Runterschlucken. In zwei Etappen. Drei kleine Wasserfälle stürzen in sie hinab, drei Kaskaden im Dunkel des durstigen Körpers.

Sie streckt sich auf dem Bett aus, legt den Schal neben sich, sie wird sich damit zudecken, wenn ihr kalt ist. Die Musik ist überall, in ihr, um sie herum, sie gibt sich ihr hin.

Endlich gibt sie sich hin.

Die Bilder, die sich noch aufdrängen wollten, verblassen, verflüchtigen sich, lösen sich auf. Ein paar Gedanken klopfen noch an die Tür, geben auf, verschwinden.

Es bleibt nur die Musik.

Sie ist nur noch Musik.

Für sehr lange.

30

Anne … – Jeans ängstliche Finger verharren auf der körnigen Oberfläche der weißen Leinwände –, Anne, mein Schmerz. Der Hass, der in jenen erloschenen Augen schwelte, sollte er auch hier wieder auftauchen? Waren sie immer noch da und warteten auf dich? Ein letzter Versuch, deine Hände werden dich verraten, du weißt es, also gibst du auf. Um dich selbst auszulöschen, um ihnen endgültig zu entkommen. Und in meinen Händen, da bleibt nichts von dir … In meinen machtlosen Händen, nur ein Schemen von dir, meine Liebe, und selbst er entzieht sich mir, wird immer blasser, durchscheinender, immer unerreichbarer. Jener Nebel, den die Morgensonne …

Wie immer ist er sehr früh aufgewacht. Etwas Tageslicht sickert durch die Fensterläden. Ein ungewohntes Bett, ein unbekanntes Schlafzimmer … Er braucht ein paar Sekunden, um sich zu vergewissern: das Häuschen von Étienne und Catherine in der Normandie, in das sie übers Wochenende eingeladen worden sind. Das Zimmer ist angenehm, unaufdringlich zeitlos, Spitzengardinen, ein paar geerbte Möbel treten langsam aus dem Dämmer-

licht hervor. Regalbretter voller Bücher, an den Wänden Drucke, naive kleine Gemälde, Catherine liebt es, bei Trödlern und auf Dachböden herumzustöbern. Auf dem Kissen neben ihm der Abdruck eines Kopfes, wo ist Anne? Schon aufgestanden, obwohl sie frühes Aufstehen nicht mag und große Schwierigkeiten hat, aus dem Schlaf zu finden, an den sie sich klammert, wenn sie ihn erst einmal gefunden hat?

Ist sie vielleicht krank? Leicht beunruhigt steht er auf, zieht eine Leinenhose und einen Pullover an, öffnet die Schlafzimmertür. Der düstere Flur, die Terrakottafliesen unter den bloßen Füßen, das stille, noch in Dunkelheit getauchte große Esszimmer, der von Catherine am Vorabend vor dem Schlafengehen gedeckte Frühstückstisch. Schwache Lichtreflexe auf dem Porzellan, dem Besteck, ein flämisches Stillleben, ›Nature morte‹. Die zum Garten führende Tür ist angelehnt, sie quietscht beim Öffnen. Anne steht dort im aufscheinenden Tageslicht, hoch aufgerichtet, in einem weißen Morgenmantel, sie hat ihn gehört, dreht sich aber nicht um.

– Sieh nur, sagt sie.

Er tritt zu ihr, umfasst ihre Schultern, küsst sanft das schwarze Haar, zieht sie an sich, ihr Rücken versteift sich, er legt seine Arme um sie. Die Wärme seiner Wange an ihrer. Hinter dem Rasen, den Blumenbeeten und den Büschen, die Étiennes ganzer Stolz sind, in einer Niederung ein See aus Nebelschwaden. All das, woran er sich vom Vorabend erinnert, die Wiesen, die Hecken, der kleine Fluss, der sich durch hohes Gras windet, all das ist verschwunden. Am Horizont, hinter den Hügeln und der Pappelreihe, taucht eine sehr blasse Sonne auf, nur ein schwaches Licht, das schnell intensiver wird. Die Nebelfläche wird heller, ein kühles Aufglühen, eine blendende weiße Lache. Winzig klein stehen sie dort am Rand eines Lichtmeeres.

– Sieh nur, sagt sie wieder und drückt sich fester an ihn.

Die Sonne steigt schnell, nimmt Gestalt an, riesengroß und blass, hat schon die Wipfel der Pappeln erreicht, überschwemmt nun diese ganze seltsame Nebelwelt. Das Mysterium schwindet, der weiße See wird wieder undurchsichtig, verschließt das Geheimnis seiner Untiefen.

Ist es zu Ende? Annes Körper, reglos in seinen Armen, sagt Nein. Er wartet mit ihr. Hat Angst, sie könnte frieren, aber sie bleibt, und er wagt nicht, sich zu rühren. Und woher wusste sie es? Ganz langsam hebt sich der Nebel vom Boden, wird immer leichter, löst sich nach und nach auf, das tauglänzende Gras wird sichtbar, die Erde entsteht aufs Neue, bevölkert sich, heißt sie willkommen. Ein Vogel singt, dann noch einer, es war ihnen nicht bewusst, dass sie in vollkommener Stille gebadet hatten.

Unter dem leichten Druck seines Arms gibt Annes Körper endlich nach, er küsst sie auf die Schläfe, und ihr müder Kopf sucht seine Schulter, er führt sie wieder ins Haus, sie betreten das Schlafzimmer, leise, melancholische Farbtöne durchdringen das Halbdunkel.

Als alles möglich war …

Jetzt wendet er sich der Tür des Ateliers zu, dreht sich um, bevor er hinausgeht, betrachtet ein letztes Mal lange das Bild, das dort – sehr weit weg, sehr einsam – auf der Staffelei steht. Seine Finger verharren auf dem Lichtschalter. Er schließt die Augen, löscht das Licht. Geht hinaus, und zum ersten Mal in dieser Zeit, die nicht vorübergehen wollte, macht er die Tür hinter sich zu. Der Schnapper klemmt, rastet dann ein, ein letztes Geräusch.

In dem sehr leeren Wohnraum steht das Fenster offen. Beide Hände am Drehknauf, sieht er, wie die Stadt aus der Dunkelheit hervorzutreten beginnt. Im Osten hellt schon der Himmel auf, ein rosiges Leuchten weckt die Schieferdächer. Träume gehen dem Ende zu.

Er wird nicht in das kleine Haus in der Sackgasse zurückkehren, dort hinten, in der Dämmerung. Eine Woge verhaltener Zärtlichkeit, sie gilt Marie, sie wird es nie erfahren.

Er ist sehr müde. Aber es ist zu spät, um sich schlafen zu legen.

31

Lange das Wasser den Körper hinunterlaufen lassen, den Kopf nach hinten gelegt, es mit geschlossenen Augen aufs Gesicht prasseln lassen, Schultern und Brust überschwemmen, es Bauch, Hüften, Schenkel liebkosen lassen. Damit es die Müdigkeit fortspült, alles, was an der Haut klebte und die Glieder schwer machte, wegreißt: Gedanken, Bilder, sogar Erinnerungen, wenn das möglich wäre. Dann bliebe der Körper wie neu zurück, leicht, kindlich und fröhlich, strahlend. Wieder unschuldig. Wenn das möglich wäre …

Zögernd stellt Éva die Dusche ab, wringt ihr Haar aus, fühlt, wie deutlich kühlere Luft ihre Brüste umfasst, die Spitzen streift, ein winziger, stechender Schmerz, sie tastet nach dem Handtuch, schlingt es um sich, tritt aus dem kleinen Bad in ihr Mansardenzimmer, das in der Morgensonne liegt. Sie lächelt, als sie den Lärm der Tauben hört, die hektisch über das Zinkdach und die Regenrinnen trippeln, Gurren aus goldbraunen Kehlen, jäher Aufflug.

Sonnenlicht beginnt die Dächer zu erfassen, lässt sie deutlich hervortreten, einige flammen gleichsam auf, und auf den Dächern, die noch im Schatten liegen, intensiviert sich das Blauschwarz des Schiefers. Von Minute zu Minute verändert sich die Stadt, belebt und dehnt sich, die Mansardenfenster werden eines nach dem anderen von der Sonne erfasst und öffnen mit einem Schlag blinzelnd die Augen.

Éva lässt das Handtuch los, das zu Boden fällt, und gibt sich dem hellen Licht hin. Die Luft ist noch empfindlich kühl, doch die Sonne umschmeichelt sie bereits. Ihr Körper ist klar umrissen, sie empfindet ihn als schmal und fest, als dehnbar und bereit. Erstaunt erspürt sie ihn mit den Händen, von den Schenkeln über ihren Bauch, der sich unter ihren Händen sehr weich anfühlt, bis hinauf zu den Brüsten. Sie breitet die Arme aus, stellt sich auf die Zehenspitzen, sie macht sich so groß wie die Stadt, und sie könnte schreien, und ihre Stimme würde jedes noch schlummernde Echo zum Leben erwecken. Sie lässt sich wieder auf die Fersen sinken und lacht, lacht leise über sich selbst, über ihre Ausgelassenheit, sie lacht, wie früher als kleines Mädchen, wenn Sarah sie auf unsicheren Beinen losließ und sie stolpernd auf Waldeck zulief, der seine Arme öffnete, sie lacht über das zurückgekehrte Leben.

Sie geht ins Bad zurück, betrachtet im Spiegel eingehend ihr Gesicht, ist wieder ernst und aufmerksam. Ihre Finger verweilen auf den Wangenknochen, betasten sie, dann die zarte Haut unter den Augen, streichen sie glatt, ziehen sie ein wenig auseinander, um diesen veilchenblauen Blick größer zu machen, in den sie eintaucht. Es sind Sarahs Augen, die sie ansehen, in denen ein winziger

Schimmer von Hoffnung und vibrierendem Leben aufscheint.

Sie bürstet sich lange die Haare, neigt dabei den Kopf erst zur einen, dann zur anderen Seite, bis sie keinen Widerstand mehr spürt, und ihr die Haare weich auf die Schultern fallen, nur zum Vergnügen macht sie noch ein wenig weiter. Sie schminkt sich sehr behutsam, eigentlich nur, um ihr Gesicht zu spüren, ein wenig Rot auf die Lippen, nur um die Handbewegung auszuführen, die die Zwillingsbögen der Lippen nachzeichnet.

Dann zieht sie sich an. Sorgfältig wählt sie die weiße Unterwäsche aus, jene, die mit einer zarten Spitze versehen ist und in der sie sich wie ein junges Mädchen fühlt, unbeschwert und leicht. Sie schwankt zwischen zwei Sommerkleidern, das eine ist weiß, das andere von lebhafter Farbe, aber sie ist nicht ganz bei der Sache, weil sie gerade daran denkt, dass das Telefon läuten könnte, und es aus dem Augenwinkel belauert, als wollte sie ihm zuvorkommen. Warum das alles jetzt? Es ist einfach so.

Sie trifft ihre Wahl: Das bunte Kleid, wegen seiner frechen Rottöne, um sich ein wenig verruchter zu fühlen. In dem Moment, als sie zum Hörer greift, klingelt das Telefon. Ihr Herz hatte es geahnt, darauf gewartet, es klopft, endlich frei, in ihrer Brust. Und noch einmal lacht sie.